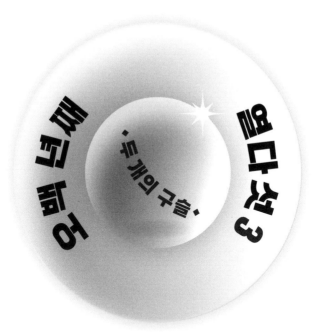

요다섯 3

·두 개의 구슬·

영빰 년 뼘 우

김혜정 장편소설

위즈덤하우스

| 차례 |

이가을

"우리가 함께한다면
문제를 해결할 수 있어!"

최초 구슬의 주인이자
야호랑의 우두머리 원호.

유신우

"나는 널 만나고
더 좋은 사람이 되고 싶어졌어."

가을의 남자 친구.

김유정

"나한테는 현이밖에 없어!"

호랑. 가을의 가장 친한 친구.

"네가 인간 따위
사랑하지 않으면 좋겠어."

야호, 령의 동생.
령이 떠난 뒤 가을을 향한 마음을 깨닫는다.

"구슬을 빼앗아 천벌을 받은 거야."

최초의 호랑.
동생 인선이 죽은 뒤 천 년 넘게 자취를 감추었다.

"인간을 멸종시키는 건 답이 아냐."

웅녀의 동생이자 유일한 웅족.

"인간이 불멸을 꿈꾸듯
우리는 인간의 삶을 꿈꾸는 거지."

야호, 령의 친족.
겉으로는 차가워 보이지만 늘 가을을 돕는다.

약속

신단 위에 선 환웅의 기도가 끝났다. 시간이 멈추고 세상 전체를 감싼 하늘의 기운이 양 반대편에서부터 하나로 모아졌다. 점차 하늘의 기운이 응축되어 푸른 구슬 모양으로 줄어들더니 웅녀가 두 팔을 벌려 감싸안을 만큼 작아졌다.

"당신에게 약속한 겁니다."

환웅이 머리 위에 떠 있는 구슬을 아기 단군을 안은 웅녀에게 건넸다.

"이 구슬에는 놀라운 힘이 깃들어 있습니다. 이 세상을 위해 사용해 주세요."

그날 하늘의 기운을 품은 구슬은 두 개로 나뉘어졌다.

입학원서

"이걸 왜 받아 왔어?"

유정이 가을 책상 위에 있는 고등학교 입학원서를 가리키며 물었다. 며칠 전 담임 선생님이 나눠 줬지만 유정은 받지 않았다.

"설마 가을이 너 고등학교 가려고?"

유정의 물음에 가을은 아무 대답도 하지 않았다. 몇 날 며칠을 고민했지만 아직 어떤 선택을 해야 할지 결정하지 못했다. 고등학교에 가기 위해서는 내일까지 학교에 입학원서를 제출해야 한다.

"신우 때문에 그래? 신우랑 같이 학교 다니고 싶어서?"

유정은 고등학교는 중학교와 달리 공부만 많이 해야 하는 곳이라 재미없다며 고개를 절레절레 흔들었다. 열다섯인 가을이 그동안 중학교만 내내 다녔다면, 열일곱인 유정은 중학교와 고등학교를 넘나들었다. 사춘기의 절정을 보내는 아이들이 모인 중학교는 하루하루가 스펙터클하다. 매일 사건 사고가 끊이지 않기에 참가자로서나 관찰자로서나 흥미진진하다. 하지만 그만큼 에너지 소비가 크다. 유정은 중학교 생활에 조금 지치면 고등학생이 되었다. 고등학교는 심심하지만 조용하게 지내기에는 딱 좋았다.

"그냥 나랑 같이 고등학교 가지 말고 쉬자. 신우는 학교 밖에서 만나면 되잖아."

유정은 학교라면 지겹지도 않느냐며 예정대로 유학이나 검정고시 준비생으로 지내자고 했다. 이제까지 가을은 중학교를 졸업한 후 유정처럼 다른 이유를 대며 몇 년은 더 살던 곳에 머물렀다.

"신우 때문만은 아니야. 고등학교 생활이 어떤지 궁금해. 고등학생은 정말로 공부만 하는지, 중학생이랑 어떻게 다른지. 한 번도 안 다녀 봤으니까."

가을의 말에 유정은 아무 대꾸도 하지 못했다. 코끼리를 한 번도 보지 못한 사람이 아무리 코끼리에 대한 설명을 들어 봐야 코끼리를 직접 본 것만 못하다.

"그럼 이제까지는 왜 고등학교 안 갔어? 예전에는 안 궁금했어?"

"응. 궁금하지 않았어."

옛날에 두심이 고등학교 입시를 앞두고 힘들어하는 걸 옆에서 지켜보면서 가을은 다른 세계의 일이라고 여겼다. 고등학생이 되고 대학생이 되고 어른이 되는 건 가을에게 진짜로 가능한 일이 아니니까 아예 궁금하지 않았다. 하지만 언제부터인가 가을은 갈 수 없는 그 세계들이 궁금했다. 처음엔 신우였다. 신우라는 아이를 알고 싶었고 신우를 둘러싼 세상이 궁금했다. 그리고 신우 옆에 서 있는 자신에 대한 물음표도 생겨났다. 요 몇 년 가을은 새로운 경험을 했다. 구슬 전쟁을 치른 후 야호랑의 리더인 원호 자리에 올랐고 범녀의 계략에 맞서 싸웠다. 그 시간을 겪을 때는 무척 고되고 힘들었지만 지나고 나니 이상하게 가을 스스로가 달라진 기분이 들었다. 가을은 자신이 아직 경험하지 않은 새로운 삶이 궁금해졌다. 고등학생이 되면 어떨까?

"한번 가 볼래."

책상 앞에 앉은 가을은 입학원서에 이름을 적었다.

지금 이 순간이 영원하길 바라지만 그게 불가능하다면
제발 시간이 아주 천천히, 느릿느릿 지났으면 좋겠다.

1부

고등학생 이가을

입학식

가을을 본 신우의 동공이 커졌다.

"가을이 너 맞아?"

가을이 대답하려고 하는데 유정이 끼어들었다.

"그럼 가을이지 누구겠어?"

유정이 가을의 어깨에 팔을 둘렀는데 예전과 다르게 팔의 위치가 달라졌다. 팔을 더 높여야 했다.

오늘 아침 집을 나서기 전 가을은 1단계 둔갑을 했다. 바로 이 년 후 자신의 모습으로 말이다. 열다섯 살에 성장을 멈춘 가을은 키가 백육십 센티미터였는데 오 센티미터 더 자랐고 그에 따라 골격도 조금씩 커졌다. 엄마와 아빠가 모두 키가 컸기에 만약 가을이 계속 자랐다면 이 정도쯤 되었을 거다. 할머니도 조선 시대 사람치고 키가 커서 장부 같다는 말을 들었기에 할머니는 늘 가을이 자라다 만 것을 안타깝게 여겼다. 고작 이 년 더 자란 모습이었지만 둔갑한 가을을 본 유정도 처음에는 낯설어했다. 가을은 한참을 거울 앞에 서 있었다. 분명 나인데 내가 아니었다.

가을과 신우, 유정은 새 교복을 입었다. 오늘 고등학교 입학식을 한다. 고등학교는 재미없다며 질색했던 유정도 가을이 고등학교에 간다고 하자 함께 입학원서를 냈다. 현도 없는 마당에 가을까지 학교에 가 버리면 낮에 심심할 거라며 차라리 고등학교에 다니겠다고 따라왔다. 중학교 졸업식이 끝난 후 현은 혼자만의 시간을 갖고 싶다며 멕시코로 여행을 떠났다. 더 이상 자신을 기억하지 못하는 은세연을 잊겠다고 했지만, 멕시코는 둔갑한 현이 은세연을 만난 바다가 있던 곳이다.

교문을 지나 학교 안으로 들어가는데 같은 중학교를 졸업한 아이들을 만났다. 달라진 가을을 본 아이들은 고개를 갸우뚱하며 가을에게 어색하게 인사를 했다. 가을은 한꺼번에 이 년이나 성장했나 걱정이 되었지만 사춘기는 급성장기이니까 아이들이 크게 이상하게 생각하진 않는 눈치라 안심했다.

"유신우, 너 긴장 좀 해야겠다."

유정이 한쪽 입꼬리만 들어 올린 채 말했고 가을이 물었다.

"신우가 왜?"

"왜긴. 네가 귀여움에 이제 아름다움까지 갖췄잖아. 아이들 시선이 안 느껴져?"

가을은 "무슨."이라고 말하며 손사래를 쳤지만 기분이 좋았다. 갑자기 신우가 걸음을 멈춰 섰다.

"안 되겠다. 유정아, 여기 애들한테 나랑 가을이랑 사귄다고 소문 내 줘. 알았지?"

"신우 너까지 왜 그래?"

가을이 팔꿈치로 신우 팔을 툭 치며 그만하라고 했다. 작년에 현까지 넷이 자주 어울려 놀다 보니 신우도 유정과 많이 친해졌다. 신우는 유정과 농담을 주고받기도 하고 장난도 제법 쳤다.

"나 진심인데?"

신우가 장난기 없는 얼굴로 말했고 유정은 맨입으로는 어렵다고 대답했다.

"그럼 햄버거 세트!"

"햄버거 세트 받고 아이스크림까지."

"좋아. 딜 성립."

신우가 오른 주먹을 들어 내밀었고 유정도 오른 주먹을 들어 살짝 맞부딪치며 "딜!" 하고 외쳤다. 가을이 피식 웃으며 앞장서 걸어가자 유정이 같이 가자며 소리쳤다.

셋은 강당을 가리키는 팻말을 따라 걸었다. 입학 안내문에 강당에서 입학식을 한 후 교실로 간다고 나와 있었다.

가을이 졸업한 수석중학교에 비해 수석고등학교는 학생 수가 두 배 가량 많고 학교 건물도 훨씬 컸다. 본관과 별관 모두 5층이었고 운동장도 넓었다. 학교 안을 돌아다니는 아이들 중 교복을 입지 않으면 성인이라고 해도 믿을 만큼 키가 큰 아이들이 꽤 보였다. 가을은 중학교는 셀 수 없을 정도로 많이 다녀서 입학식이 조금도 긴장되지 않았는데 고등학교는 처음이라 그런지 긴장되었다. 덥지도 않은데 이마에 땀방울이 맺혔다.

"가을아, 이거."

신우가 가방에서 손수건을 꺼내 건넸다. 가을은 손수건을 보고 미소 지었다. 작년에 신우가 점심시간에 농구하면서 땀을 많이 흘려 가을이 줬던 손수건이다. 신우가 다음 날 세탁 후 돌려주었지만 가을은 농구할 때 쓰라며 아예 줬다. 그러자 신우는 가을이 좋아하는 캐릭터가 그려진 새 손수건을 선물로 줬다. 오늘은 사정이 있어 그 손수건을 못 들고 왔다. 신우가 준 손수건에서 좋은 향기가 났다.

강당에는 바닥에 '1-1'부터 '1-10'까지 표가 붙어 있었다. 10반인 셋은 맨 오른쪽으로 갔다. 가을과 신우뿐만 아니라 유정도 같은 반이 되었다. 유정은 가을이 없으면 무슨 재미냐며 가을을 따라 반 배정을 바꾸었다. 10반에는 셋 이외에 아는 아이들은 없었다.

누가 시키지 않았는데도 아이들은 알아서 두 명씩 짝을 지어 자리를 잡고 서 있다. 중학교 때는 선생님이 목이 터져라 소리치고 또 소리쳐야만 줄을 맞췄는데 달라도 너무나 달랐다.

"너희 둘이 짝해. 난 새 친구 사귀러 간다."

유정이 손을 들어 인사한 후 맨 뒷줄로 옮겨 갔고 가을과 신우만 남았다.

"너랑 같이 고등학교 다닐 수 있어서 너무 좋아."

신우의 말에 가을은 "나도."라고 대답했다.

"그런데 너 그거 힘들지 않아? 에너지 많이 든다고 했잖아."

신우가 가을만 들을 수 있게 작은 목소리로 말했다. 신우는 둔갑하면 몸에 무리가 간다는 말을 기억했다.

"이 정도는 괜찮아."

최초 구슬 다루는 방법을 배우기 전에는 둔갑하고 나면 힘들었지만 구슬을 어느 정도 다룰 수 있게 된 이후에는 더 이상 시간에 구속받지 않았다.

"그리고 내가 누군데."

가을이 어깨를 으쓱 들어 올리며 말했고 신우가 "맞다." 하며 웃었다.

잠시 후 입학식이 시작된다는 안내 방송이 나왔다. 밖에 있던 나머지 아이들과 선생님들이 강당으로 우르르 들어왔다.

교감 선생님과 교장 선생님의 말씀이 끝난 후 입학생 대표가 나와서 입학 선서를 했다. 그다음 각 반 담임 선생님의 소개가 이어졌다. 이건 중학교 입학식과 거의 비슷했다.

"1학년 10반 담임 선생님은 신혜선 선생님입니다."

가을은 단상 앞에 서서 인사하는 담임 선생님이 낯익었다. 어디서 봤더라? 아! 그때 그 사람이다. 지난주에 고등학생으로 둔갑하고 시험 삼아 외출했다. 붕어빵을 사서 집으로 가는데 길모퉁이에 한 여자가 주저앉아 있었다. 어디 아픈가 싶어 다가가 보니 여자가 서글프게 울고 있었다. 다 큰 어른이 왜 저렇게 우는 거지? 눈물 콧물로 얼굴이 엉망이었다. 가을은 가방에서 손수건을 꺼내 여자한테 조용히 건넸다. 그러곤 여자가 울음을 그칠 때까지 옆에 가만히 서 있었다. 선불리 위로를 할 수는 없어도 옆에 있어 주고 싶었다. 한참 뒤 울음을 멈춘 여자는 가을에게 고맙다고 인사를 했다. 그때 그 사람이다. 가을은 한 번 본 사람 얼굴을 잘 잊어버리지 않는다. 나이 들지 않는 정체를 들키지 않으려면 사람을 잘 기억해야 한다. 그래야 피하거나 만나더라도 둘러댈 수가 있다.

"자, 이제 각 반으로 가시면 됩니다."

입학식이 끝났다. 교무부장 선생님이 교실로 가서 수업을 하면 된다고 알렸다.

신우와 함께 돌아서서 강당 밖을 나가려고 하는데 할머니와 엄마, 선이 보였다. 오지 말라고 했는데 기어코 왔나 보다. 셋은 꽃다발을 하나씩 들고 있었고 가을과 유정, 신우에게 하나씩 건넸다. 신우는 감사하다며 상냥하게 인사를 했다.

강당을 나가는 아이들이 힐끔힐끔 쳐다봤다. 가을은 왠지 부끄러웠다. 가족이 온 건 가을네밖에 없었다. 가을이 알아보니 요즘은 고등학교 입학식에 가족이 오는 경우는 극히 드물었다. 그래서 할머니와 엄마한테 절대 오지 말라고 신신당부했지만, 둘은 가을이 고등학교 입학은 '처음'이니 반드시 오겠다고 우겼다. 결국 2 대 1의 말싸움에서 가을이 졌다.

"자, 셋이 서 봐. 사진 찍어 줄게."

할머니가 입학식 현수막 앞에 서 보라며 손바닥으로 가을의 등을 밀었다.

"할머니, 오늘부터 바로 수업한대. 빨리 가 봐야 해."

이미 아이들 반 이상이 강당을 빠져나간 상태였다.

가을이 엉거주춤 서 있는데 10반 담임 선생님이 다가왔다.

"어머, 가족 분들이 오셨구나. 안녕하세요, 저는 10반 담임이에요. 가을이는 좋겠다. 이렇게 가족들이 모두 축하해 줘서."

담임 선생님이 가을네 가족에게 인사를 건네며 아직 시간 있으니 천천히 사진 찍고 오라고 했다. 선생님은 가을을 기억하지 못하는 것 같았다.

"아휴, 감사해요, 선생님!"

담임 선생님의 말을 들은 할머니의 기세가 등등해졌다. 가을과 유정, 신우에게 포즈를 취해 보라며 더 적극적으로 지시했다. 셋은 각각 독사진도 찍고, 둘씩 함께 찍기도 했다.

가을은 유정, 신우와 함께, 그리고 엄마, 할머니와도 사진을 찍었다. 신우가 계속 사진을 찍어 주는 선에게 다가갔다.

"제가 찍을게요. 같이 서세요."

신우가 가을 옆쪽을 가리키며 말했지만 선이 망설였다. 유정이

"삼촌 빨리 와!" 하고 소리치고 나서야 선이 가을 옆쪽으로 왔다. 신우를 제외한 나머지끼리 사진을 찍다가 유정과 할머니가 쓱 빠져 가을과 엄마, 선이 마지막으로 모여 사진을 찍었다. 선과 함께 찍은 첫 가족사진이었다.

집으로 돌아오자마자 가을은 곧바로 방으로 들어와 침대에 벌러덩 드러누웠다.

"아, 피곤해."

가을은 신음이 절로 나왔다. 뒤따라 들어온 유정은 교복부터 갈아입었다.

가을과 유정은 고등학생이 되어서도 여전히 같은 방을 쓴다. 가을네 가족이 당분간 선의 집에서 더 지내기로 했기 때문이다. 엄마가 집 구할 돈을 마련했지만 현이 여행을 가 버리는 바람에 현의 집이 비게 되었다. 현이 돌아올 때까지 선이 그 집에서 지내겠다며 가을네 가족에게 더 있어도 된다고 했다.

"피곤하면 둔갑부터 풀어."

"아냐."

가을이 고등학교에 입학한 지 이 주일이 지났다. 가을이 피곤한 건 둔갑을 해서가 아니다. 처음 배우는 공부부터 처음 학교생활을 함께하는 고등학교 아이들까지 가을은 영 적응이 쉽지 않았다.

"교복이나 좀 갈아입어. 으, 침대에 먼지 다 묻겠다."

유정은 깔끔한 걸 좋아했다. 집에 오면 교복을 의류관리기에 곧바로 넣어 먼지를 털어 냈다. 옷에 조금만 뭐가 묻어도 입지 않았고 이불도 일주일에 한 번씩 세탁했다.

"좀 일어나!"

유정의 재촉에 가을은 둔갑도 풀고 교복도 벗었다.

오늘 수학 시간을 떠올리자 머리가 지끈지끈 아팠다. 중학교를 다닐 땐 공부가 조금도 어렵지 않았다. 이미 수십 번 배워서 다 아는 내용이었으니까. 하지만 고등학교 수학은 처음 배우는 거라 꽤 어려웠다.

"수학 나만 어려운 거야? 다들 알아듣는 것 같아. 너랑 나만 빼고."

"걔네는 선행으로 이미 다 뺐지."

유정이 그것도 몰랐냐며 혀를 쯧쯧 찼다. 언젠가부터 중학교에도 선행을 하고 오는 아이들이 많아졌다. 한 학기 예습 정도가 아니라 초등학생 때 이미 중학교 3년 과정을 다 끝내고 오는 거였다. 그런 아이들도 중학교를 수십 번 다닌 가을만큼 수학을 잘하지는 않았는데.

신우마저도 고등학교 입학 전에 수학 학원을 다니며 고등학교 수학 선행을 했다. 그때 신우가 같이 학원에 다니자고 했지만 가을은 학원은 무슨 학원이냐며 거절했다. 중학교 때 성적을 생각하고 고등학교에 와서도 수업 시간에 열심히만 들으면 어느 정도 할 거라고 기대했는데 착각도 그런 착각이 없었다. 가을은 우물 안 개구리였다.

"너 고등학교 수학 얼마나 어려운 줄 잘 모르지? 학교 시험만 있는 게 아니야. 모의고사 문제 보면 머리에 쥐날걸?"

일전에 고등학교에 여러 번 다녔던 유정이 고등학교 생활에 대해 조언을 했다.

"고등학교에서 가장 중요한 게 뭐냐? 바로 공부야. 더 정확히 말하자면 대학 입시. 오직 그거 하나만을 위해 다들 모여 있는 거라고. 고등학교에서는 중학교처럼 헤벌레 정신 놓고 있는 애들이 없어. 왜? 입시까지 시간이 얼마, 남지, 않았단, 말이야."

유정은 일타 강사처럼 강약까지 조절하며 줄줄 말을 늘어놓았다. 유정의 말처럼 고등학교의 분위기는 중학교와 사뭇 달랐다. 우선 교실 안 공기부터 다르다. 유치한 장난을 치는 아이들도 없고 다들 눈치를 챙겨 다른 사람에게 피해 주는 행동도 하지 않는다.

"중학교 때는 말 잘하고 인기 많은 애가 최고잖아. 나나 휴처럼 말이야. 하지만 고등학교는 아니란 말이지. 공부 잘하는 게 제일이라고. 아, 중학교 시절이 그립구나."

가을은 왜 유정이 제 나이보다 어리게 중학교를 다녔는지 이해가 갔다. 유정은 머나먼 과거인 것처럼 중학생 시절을 회상했다.

"내 성적이 좋지 않았던 것도 다 중학교 고등학교를 둘 다 다녀서야. 나도 너처럼 중학교만 계속 다녔으면 중학교 성적이 좋았을 건데. 중고등학교 섞어 다니니까 자꾸 헷갈리잖아."

"그건 아닐 거 같은데."

입은 비뚤어졌어도 말은 바로 하라고 가을은 그 말에 동의할 수 없었다.

"그치? 나도 아닐 거 같긴 해."

유정도 바로 수긍하고는 헤헤 웃었다.

가을이 책상 앞에 앉아 수학 문제집을 꺼내자 유정이 말했다.

"우리 드라마 같이 보자. 새로 올라온 건데 완전 재밌대!"

유정이 오티티에 뜬 드라마 제목을 말했다.

"그거 십구금이잖아."

인기 있는 오티티 시리즈는 대부분 십구금이 많다. 심지어 학교를 배경으로 하면서 십 대 인물이 주인공인 드라마도 십구금이다. 십 대는 볼 수 없는 십 대가 주인공인 드라마라니.

"가을아, 이 언니가 오백 년을 넘게 살았어. 그런데 십구금이 뭐가 대수겠니?"

유정이 가을의 어깨에 손을 척 올렸고 가을은 유정의 손을 떼어 내며 그럴 시간 있으면 공부나 한 자 더하라고 대꾸했다.

"싫으면 말아라. 할머니랑 보자고 해야지."

유정이 방문을 열고 총총 걸어 나갔다. 1층에서 할머니와 유정이 대화하는 소리가 2층까지 다 올라왔다. 뭐가 그렇게 재밌는지 둘이 낄낄 웃고 있다. 방문 좀 닫고 가지.

가을은 일어나 방문을 닫은 후 다시 책상 앞에 앉았다. 문을 닫았지만 자꾸 1층이 신경 쓰였다. 가을도 같이 가서 수다를 떨고 드라마를 보고 싶었다. 얼마나 재밌을까? 작년에 인기를 끈 드라마보다 더 잘 만들었다는 이야기가 있던데. 가을은 몸은 방에 있었지만 마음은 1층 거실에 가 있었다.

어떻게든 마음을 다잡고 문제를 풀려고 하는데 방문이 열렸다. 드라마 안 볼 거라고 강하게 말하려는데 이번엔 엄마였다.

"가을아, 치킨 사 왔어. 와서 먹어."

가을은 생각 없다고 말하려 했지만 치킨 냄새가 너무나 고소했다. 드라마는 참아도 치킨은 참을 수가 없는데.

"알았어. 금방 내려갈게."

아, 이 집에서 공부하기는 다 그른 건가.

가을이 책상 위로 머리를 쿵쿵 박고 있는데 신우에게 메시지가 왔다.

가을아, 나 다음 주부터 스터디카페 다닐 건데. 같이 다닐래?

가을은 고민하지 않고 바로 그러겠다고 답을 보냈다.

휴

가을이 눈을 떴을 때 신우의 얼굴이 보였다. 신우는 옆 책상에서 가을처럼 똑같이 몸을 엎드린 후 가만히 바라보고 있었다. 신우가 빙긋 미소를 지었고 가을은 얼른 몸을 일으켰다. 시계를 보니 벌써 집에 갈 시간이 되었다. 가을은 가방을 챙겨서 일어났다.

"나 진짜 잠깐, 아주 잠깐 잔 거야. 계속 잔 거 아니야."

스터디카페를 나오며 가을이 말했다.

"알지. 네가 너무 열심히 공부해서 잠깐 쉬자는 말도 못 했는걸."

가을과 신우는 저녁에 스터디카페에서 같이 공부한다. 둘만 다닌다고 하면 유정이 서운해할 수도 있기에 유정에게 같이 다니겠냐고 물었지만 절대 싫다고 했다.

"가을아, 배고프지 않아? 뭐 좀 먹고 갈래?"

"응, 좋아."

저녁을 일찍 먹어서 그런지 스터디카페에서 나올 때면 배가 고팠다. 둘은 편의점으로 가서 삼각김밥과 컵라면을 하나씩 골랐다.

탁자 앞에 앉은 가을은 컵라면이 익는 동안 두 팔을 위로 쭉 뻗어 스트레칭을 했다.

"진짜 공부는 엉덩이 힘으로 하는 게 맞는 거 같아."

"누가 그래?"

"유정이가."

유정은 고등학교를 좀 다녀 봤다고 가을에게 공부에 대한 이런저런 조언을 해 줬다. 중학교 때는 공부를 조금만 해도 성적이 오르지만 고등학교 때는 그게 쉽지 않다고 했다. 그 이유가 뭐냐고 물으니 중학생 때는 공부를 하는 애들만 하는데 고등학생이 되면 다 같이 열심히 해서 그렇다고 설명했다. 정작 유정은 말만 할 뿐 공부는 하지 않았다. 유정은 이론만 빠삭했다.

"가을아, 너도 내일 상담이지?"

"응."

월요일부터 담임 선생님과의 상담이 시작되었다. 중학교 때와 달리 대학 진학에 관한 내용이 주라고 했다. 유정이 첫날 상담을 받고 온 후 알려 주었다. 지난주 가고 싶은 대학이랑 학과를 적어 내라고 했는데 가을은 뭐라고 적어야 할지 몰랐다. 한 번도 생각해 본 적이 없으니까. 뭐라도 적어야 할 것 같아서 '약학과'를 적어 냈다. 작년에 실버제약에 위장 취업을 해서 다녔던 게 떠올라서다.

"너는 공군사관학교에 가고 싶다고 적었지?"

"응. 한번 도전해 보려고."

신우는 작년부터 비행기 조종사에 관심을 가진 이후로 무척 열심이다. 가을은 그런 신우가 무척 멋있어 보였다.

"아주 잘하고 있어."

가을은 신우의 머리를 쓰다듬었고 신우는 기분이 좋은지 활짝 웃었다. 이렇게 웃을 때면 신우는 꼭 강아지 같다. 이리 봐도 저리 봐도 신우는 참 예쁘다.

"가을아, 나는 널 만나고 더 좋은 사람이 되고 싶어졌어."

갑작스러운 신우의 고백에 가을은 심장이 쿵 하고 멎는 것 같았다. 신우는 자주 감동을 준다. 가을도 신우와 비슷한 생각을 했다. 신우가 사는 세상이 더 좋아졌으면 하고 진심을 다해 바란다. 가을이 그 말을 하니 신우가 말간 눈으로 고맙다고 말했다. 신우와 함께 있을 때만큼은 시간을 꽉 붙잡고 싶다. 지금 이 순간이 영원하길 바라지만 그게 불가능하다면 제발 시간이 아주 천천히, 느릿느릿 지났으면 좋겠다.

"비행기 조종사 되면 여행 많이 다닐 수 있겠다. 참, 조종사는 비행기 표가 거의 공짜나 다름없다던데?"

가을은 부럽다고 말했다.

"가을아, 근데 기장 배우자도 혜택 받을 수 있대. 그러니까 너도 부러워할 필요 없어."

신우가 수줍게 그 말을 했고 가을은 얼굴이 발개졌다.

"라면 다 익었겠다. 얼른 먹자."

가을은 컵라면 뚜껑을 열어 젓가락으로 라면을 먹었다. 라면이 뜨거워서인지 신우의 말 때문인지 얼굴이 계속 달아올랐다.

둘은 라면을 다 먹은 후에도 한참을 편의점 앞 탁자에 앉아 있었다. 학교에 이어 스터디카페까지 함께 있는 시간이 늘었지만 가을은 더 오래 신우와 있고 싶었다. 그건 신우도 마찬가지였다.

"가을아, 내가 데려다줄까?"

"아냐. 그럼 나도 너 데려다주고 싶어서 안 돼."

그럴까 봐 스터디카페 위치를 신우와 가을의 집 딱 중간으로 했다.

"그래도 밤이라 어둡고."

"신우야, 나 야호야. 걱정 마."

신우는 잊고 있었다며 웃었다.

가을은 신우와 헤어진 후 집을 향해 걸었다. 골목을 지나고 있는데 싸늘한 시선이 느껴졌다. 작년부터 종종 그런 느낌이 들 때가 있었다. 누군가 지켜보는 것 같아 뒤돌아보면 아무도 없었다. 범녀의 강성 지지자들이 해코지를 할 수 있다며 루비가 경호팀을 붙여 주겠다고 했지만 거절했다. 호랑족쯤이야 혼자서도 상대할 수 있다.

작년에 문제를 일으킨 범녀에게 야호랑 회의 끝에 둔갑 금지령을 내렸다. 가을이 가진 최초의 구슬로 범녀의 둔갑 능력을 묶었다. 둔갑을 못 하게 하는 건 범에게 이빨을 뺏는 것과 다름없지 않느냐며 범녀는 너무 가혹하다고 항변했다. 하지만 범녀의 계획대로 되었다면 실버제약과 관련한 인간들이 위험해질 뻔했다. 잘못한 이들은 자기가 잘못한 건 생각도 안 하고 무조건 억울하다고만 한다.

누군가 뒤에서 가을을 따라오고 있었다. 가을은 재빨리 몸을 돌렸다. 어?

가을은 주먹을 날리는 대신 기쁜 마음으로 뛰어갔다.

"휴!"

가을은 달려가 휴를 꽉 안았다. 싱그러운 풀과 상쾌한 바람의 향, 휴의 냄새가 났다. 가을은 양 손바닥으로 휴의 볼을 매만지며 말했다.

"얼굴이 이게 뭐야?"

영상 통화로 보던 것보다 휴의 얼굴은 더 까맣게 탔다. 지난 일 년간 서핑에 푹 빠져 지낸 휴는 완전히 바다 소년이 되어 있었다.

"그러는 넌? 달라져서 못 알아볼 뻔했다고."

휴는 손을 들어 한 뼘쯤 위로 들어 올리며 가을의 키가 커진 것을 표현했다.

"나 고등학생이잖아. 근데 지난번 통화할 때까지만 해도 한국 들어온다는 말 없었잖아. 언제 온 거야?"

"오늘. 비행기표 사서 바로 왔어."

하여튼 휴는 종잡을 수가 없다. 갑자기 어디론가 떠나 버렸다가 홀연히 다시 나타나 가을 옆에 있어 주었다. 휴는 놀라움 자체다.

"할머니랑 엄마가 너 얼마나 보고 싶어 하는 줄 몰라."

"안 그래도 지금 너희 집에서 오는 길이야. 너 기다리다가 하도 안 오기에 마중 나왔지."

휴는 할머니와 엄마가 그대로라며 다행이라는 말을 했다. 변하지 않는 것은 마음의 안정을 준다. 가을도 얼굴색만 변했지 말투도 몸짓도 그대로인 휴가 반가웠다. 휴는 오백여 년 간 그대로였다. 가을에겐 휴라면 항상 내 옆에 있어 줄 것이며 어떤 일이 있어도 나를 지켜 줄 거라는 믿음이 있다. 가을에게 이것만큼 커다란 지지는 없다.

"무슨 일 있어서 온 건 아니지?"

"그럼. 너 보고 싶어서 왔지. 이제 서평도 할 만큼 했고. 수수 잔소리도 지겨워."

"그렇긴 하겠다. 난 통화로 수수 잔소리 듣는 것도 귀찮은데 대면 잔소리는 더 싫을 거 같아."

둘은 서로를 바라보며 웃었다.

가을은 휴와 함께한 시간들을 떠올렸다. 령에게 구슬을 받아 야호가 된 지 얼마 지나지 않았을 때였다. 령이 동생을 소개해 준다고 해서 따라갔는데, 긴 머리를 풀어 헤친 채 여기저기 자유로이 뛰어다니는 휴를 만났다. 만나기 전부터 령의 동생이기에 기대했는데, 정말로 휴는 만나자마자 마음을 터놓을 수 있을 만큼 좋았다. 형제가 없는 가을에게 휴는 든든한 오빠였고 외로운 가을에게 다정한 친구였고 초보 야호에게는 좋은 선생님이었다. 그렇기에 어느 날 바람처럼 휴가 떠나 버리면 가을은 한동안 앓아누웠다. 하지만 곧 휴가 반드시 다시 돌아온다는 걸 알게 되었고 휴가 없는 시간을 그럭저럭 견딜 수 있게 되었다.

"우리 꼬맹이 많이 컸네. 고등학교를 다 다니고."

"아, 말도 마. 고등학교 장난 아니더라."

가을은 학교에서 힘든 점을 휴에게 토로했다. 신우에게는 완벽한 모습을 보여 주고 싶어서 이야기하지 못했고, 유정에게 말하면 그러기에 왜 고등학교를 다닌다고 했느냐며 핀잔만 들을 게 뻔했다.

"원호님께서 고작 고등학교에 쫄면 어떡해? 걱정 마, 넌 분명히 잘해낼 거야."

휴가 원호라고 칭하니 가을은 조금 부끄럽기도 하고 뿌듯하기도 했다.

"너 고생 많이 한 거 알아. 대단해, 정말."

휴의 칭찬을 들으니 가을은 작년에 실버제약과 범녀 때문에 힘들었던 일이 다 보상받는 것 같았다.

"누나도 나와 똑같이 생각하고 있을 거야."

휴가 차분한 목소리로 말했고 가을은 지난 휴의 시간이 떠올라 마음이 쓰라렸다.

"미안해, 휴. 정말 미안해. 네가 가장 힘들었을 텐데 네 마음을 헤아리지 못했어."

령이 떠난 후 가장 아팠을 야호가 휴였을 텐데 가을은 휴를 위로하지 못했다. 오히려 휴에게 투정을 부리고 못나게 굴었다. 휴는 그런 가을을 묵묵히 감싸 주고 토닥여 주었다.

가을은 그때를 떠올리면 휴에게 너무 미안했다. 휴를 만나면 진심으로 사과를 해야지 다짐했다.

"가을아, 나는 다 이해해."

언제나처럼 휴가 괜찮다고 말했다. 령과 휴는 가을에게 무한 애정을 주는 이들이었다.

"고마워."

가을은 고개를 돌려 휴를 바라보며 말했다. 만약 휴에게 단 한마디만 할 수 있다면 꼭 하고 싶은 말이기도 했다.

가을은 상담실 문을 열고 들어가 담임 선생님에게 꾸벅 고개를 숙여 인사했다.

"여기 앉아."

커다란 탁자 앞에 앉아 있는 담임 선생님이 맞은편을 가리키며 말했다. 선생님은 가을이 적어 낸 진로 계획서를 들고 있었다.

"고등학교 생활은 할 만해?"

"네."

"어려운 점은 없고?"

"괜찮아요."

"수석중학교를 졸업했구나. 신우랑 유정이도 같은 학교 졸업생이지? 셋이 같은 반 되어서 좋겠네. 그래서 셋이 친하구나. 혹시 또 다른 친한 사람은 없니?"

"아직은요."

담임 선생님은 가을이 적어 낸 것을 보면서 물었는데 신우와 유정에게 들은 정보와는 달랐다. 먼저 상담을 한 둘은 선생님과 지원 대학과 학과에 대해서만 이야기를 나눴다고 했다.

"유정이랑 같이 산다며? 둘이 친척이야? 사촌?"

유정이 말한 건가? 가을은 뭐라고 할까 하다가 '사돈'이라고 대답했다.

"사돈인데 같이 사는 거야?"

"네, 어쩌다 보니까요."

"아주 재밌는 관계네."

가을은 담임 선생님에게 손수건 이야기를 꺼낼까 말까 고민했다. 신우에게 선물 받은 손수건이라 돌려받고 싶은데 선생님은 가을을 만난 걸 기억하지 못하는 듯했다.

"가을이는 약학과에 가고 싶어?"

"그게……."

"약사나 약학 연구원이 진짜로 네가 어른이 되면 하고 싶은 일이야?"

담임 선생님이 가을의 눈을 똑바로 바라보며 물었고 가을은 뭔가 들킨 기분이 들었다. 그건 사실 가을이 바라는 건 아니었으니까.

"아, 가끔 부모님이 바라는 걸 적는 아이들이 있어서 물어본 거야.

이게 진짜 네 꿈인지 부모님 꿈인지 말이야."

담임 선생님은 다정한 말투로 말했고 문득 가을은 궁금해졌다.

"선생님은 어릴 때 꿈이 선생님이 되는 거였어요?"

"아니. 나는 동물구조단체에서 일하고 싶었어. 동물을 좋아하거든. 대신 주말마다 봉사 활동을 다니고 있어. 가을이는 관심 있거나 좋아하는 일이 있니?"

가을은 가만히 생각했다.

"음, 하고 싶은 일이 있긴 있어요."

"어떤 일인데?"

"박물관이나 미술관에서 일하는 것도 재밌을 거 같아요. 미술품이나 역사에 관심이 많거든요."

학교에서 체험 학습으로 박물관을 간다고 하면 대부분의 아이들은 싫다고 난리다. 그 재미없는 곳을 왜 가느냐고 불만을 터트리지만 가을은 박물관이나 미술관을 가는 게 좋았다. 인류의 지나간 시간이 담겨 있는 물건들을 볼 때면 가을은 오래된 일기장을 읽는 기분이 들었다.

"나도 박물관 가는 거 좋아하는데."

"저것도 박물관에서 사신 거예요?"

가을은 선생님 가방에 걸린 열쇠고리를 가리키며 물었다. 투명한 사각 상자 안에 황토색 작은 토우 인형이 들어 있는데 전부터 눈에 들어왔다. 가로 세로 손가락 두 마디 크기의 모형으로 신석기 시대 물품을 전시해 놓은 박물관에서 자주 봤다.

"아, 이거."

담임 선생님은 열쇠고리가 달린 가방을 가을 쪽으로 더 끌어왔다. 자세히 보니 곰 모양이었다.

"가을아, 네가 하고 싶은 걸 찾아. 하고 싶은 일만 하고 살기에도 인생은 짧아."

가을은 대답 대신 속으로 웃었다. 인생이 짧다니 그건 인간에게나 해당하는 말이었다.

담임 선생님은 중간고사 준비를 잘하고 있는지 물었다. 중간고사를 생각하자 가을은 걱정이 가득했다. 고등학교 입학 후 시험 스트레스가 이만저만이 아니다.

"시험을 잘 볼 수 있을지 걱정이에요."

가을은 저도 모르게 속마음을 털어놨다.

"너무 부담 갖지 말고. 첫 시험은 고등학교에서 내 수준을 가늠하기 위한 거니까. 가을이 넌 수업 시간에 집중도 잘하고 태도도 좋으니까 잘할 거야."

담임 선생님은 고1 중간고사 한 번으로 입시가 결정되는 건 아니라며 지나치게 걱정하지 말라고 격려했다.

"너무 조급해하지 마. 공자가 그랬잖아. 멈추지 않으면 얼마나 천천히 가는지는 문제가 되지 않는다고. 공자 말은 틀린 게 하나도 없다니까."

담임 선생님은 공자를 현존하는 인플루언서 말하듯 친근하게 말했다.

다른 아이들은 상담을 십 분 정도 했는데 가을은 삼십 분을 넘겼다. 가을이 상담이 너무 길어져 다음 학생이 기다리는 게 아닐까 걱정하니 담임 선생님은 오늘 상담은 가을이 마지막이라며 괜찮다고 했다. 선생님은 가을의 학교생활에 대해 이것저것 물어봤다.

"내가 말이 너무 많았지? 그냥 너를 보면 예전 내 모습이 떠올라서. 언제든지 나랑 상의할 거 있으면 찾아와. 알았지?"

"네. 고맙습니다."

상담실을 나오며 가을은 아차 싶었다. 교실에서 기다리고 있을 신우가 떠올랐기 때문이다. 급하게 교실로 달려갔다. 신우는 교실에서 혼자 책을 읽고 있었다. 창문으로 들어온 햇빛이 신우의 얼굴 위로 쏟아져 내렸고 순간 가을은 가슴이 쿵 하고 뛰었다. 가을은 신우를 부르지 못하고 가만히 바라만 봤다. 오래오래 이 모습을 기억하고 싶었다.

그때 신우가 고개를 들었고 가을과 눈이 마주쳤다.

"어, 왔어?"

"미안해, 신우야. 오래 기다렸지?"

"괜찮아."

신우와 함께 교실에서 나와 복도를 걸었다.

"우리 담임 샘 참 친절한 거 같아."

가을이 상담 이야기를 종알종알하고 있는데 갑자기 신우가 멈춰섰다. 신우의 시선을 따라가 보니 거기엔 휴가 서 있었다.

"오랜만이야."

휴가 신우에게 반갑게 인사를 건넸지만 신우는 "어? 어." 하고 어색하게 대답했다.

"휴, 우리 학교에는 왜 왔어? 무슨 볼일 있어?"

가을이 묻자 휴가 미소를 지으며 대답했다.

"나도 고등학교 좀 다녀 볼까 해서."

그 순간 가을은 신우가 인상을 찡그리는 걸 보지 못했다.

성적표

이게 정녕 내 성적이란 말인가. 가을은 잘못 본 게 아닌가 싶어 성적표를 눈앞까지 가져와 들여다봤다. 그대로다. 이 어정쩡한 점수들은 무엇인가. 성적표를 든 가을의 손이 부들부들 떨렸다.

신우가 다가와 가을은 얼른 성적표를 가방 안에 집어넣었다.

"가을아, 성적 잘 받았어?"

"뭐, 그냥."

신우의 얼굴도 아쉬움이 가득했다.

"가을이 넌 공부 잘하잖아."

"그건 중학교 때고."

가을은 신우만 들을 수 있도록 귀에 대고 "나도 고등학교 시험은 처음이잖아."라고 말했다. 중학교 때 신우는 가을이 공부를 잘하는 것을 부러워했다. 신우는 가을이 뭐든 잘한다고 생각한다. 그래서 가을은 신우의 기대에 더 부응하고 싶었다. 신우에게 멋진 모습을 보여 주고 싶었고 그 마음으로 공부했다.

"수학 공부 열심히 한다고 했는데 85점밖에 못 받았어. 다행히 영어는 다 맞았고."

신우가 자기 점수를 말했고 가을은 아무렇지 않은 척 간신히 표정 관리를 했다. 몇몇 과목의 점수는 가을보다 높았다. 가을은 영어 시험도 잘 못 봤다. 외국에서 오래 지냈기에 영어만큼은 자신 있었지만 문법 위주로 문제가 나오다 보니 많이 틀렸다.

"기말 고사 때 더 잘 보면 되지."

가을은 신우를 위로하며 지금 뭐 하고 있는 건가 싶었다. 옛날 학교처럼 등수를 교실 게시판에 공개하지 않아서 천만다행이었다.

"기말 때는 더 열심히 해야겠어."

신우는 학원 특강이 있다며 먼저 갔다.

유정과 휴가 가을에게 노래방에 가자고 했지만 가을은 그럴 기분이 아니었다. 성적표를 받고 표정이 밝은 건 반에서 유정과 휴밖에 없다. 누가 보면 유정과 휴가 전교 1, 2등인 줄 알 거다. 하지만 둘은 성적표를 받고 쳐다보지도 않았다.

휴는 가을네 반으로 전학을 왔고 일주일도 되지 않아 반 아이들 모두와 친해졌다. 쉬는 시간마다 휴 주위로 가을네 반 아이들뿐만 아니라 옆 반 아이들까지 몰려들었다. 수업을 들어온 선생님들도 휴를 가장 먼저 찾았다.

"나 피곤해. 그냥 집에 갈래."

"이렇게 날씨가 좋은데 그냥 집에 가겠다고?"

유정이 하늘을 가리키며 가을의 팔을 잡았다. 맑은 하늘을 보니 속이 더 상했다. 하늘이 이렇게 맑은데 가을의 성적은 비가 오는 날만큼 우울했으니까.

가을은 힘없이 유정의 팔을 뿌리쳤다.

유정은 놀고 싶은 마음이 그득한지 휴랑 둘이라도 가겠다고 했다. 그러자 휴가 "노래방 갈 사람?"이라고 물었고 교실에 남아 있던 아이들이 학원을 빠지면서까지 같이 가겠다고 나섰다.

가을은 마음이 잔뜩 구겨진 상태로 털레털레 걸어서 집까지 왔다. 현관문을 열고 들어가니 할머니가 "왔니?" 하며 맞아 주었다. 할머니는 거실 소파에 앉아 텔레비전을 보고 있었다.

"할머니."

가을은 할머니를 보자 울음이 터져 나왔다. 성적이 떨어진 게 서러운 일이 아닌데도 할머니 품에 안겨 엉엉 울었다. 할머니는 무슨 일이냐고 묻지 않고 가만히 어깨를 두드려 줬다.

"할머니, 오늘 중간고사 성적표 나왔어. 그런데 점수가 생각보다 낮아. 할머니도 알잖아. 내가 이번에 얼마나 열심히 했는데. 시험공부 진짜 오랜만에 했단 말이야."

남자 친구인 신우에게는 자존심 상해 말하지 못했지만 할머니에게 만큼은 다 털어놓을 수 있었다. 아무리 고등학교가 처음이라고 하지만 이렇게 성적이 떨어질지 몰랐다.

가을이 성적에 대해 계속 푸념을 늘어놓으니 할머니가 슬며시 웃었다.

"너 처음 서당 갔을 때 생각난다. 너 그때도 그랬어. 남자아이들 틈에서 혼자 공부하는 거 싫다고 울었어."

"내가?"

"그래."

가을은 과거 기억을 더듬어 보았고 얼핏 그때가 떠올랐다.

"너 학교 처음 갔을 때는 뭐 안 그랬는 줄 알아? 산수 어렵다고 엄청 힘들어 했지."

"내가 언제?"

"다 까먹었구나. 내가 요즘 기억은 깜박깜박해도 옛날 기억은 잘 기억한다고."

할머니는 처음 새로운 곳에 갔을 때 가을의 모습에 대해 이야기해 주었다. 가을은 중학교만 계속 반복해서 다니다 보니 시험이 얼마나 긴장되고 어려운지 잊고 있었다.

"그런데 다른 애들도 다 처음이잖아. 나만 처음 아니잖아. 신우도 처음이고. 신우는 중학교 때보다 성적이 오른 것 같아. 나만 시험 못 봤다고."

할머니가 오른손을 가을 왼손 위에 올렸다.

"아이구, 가을아. 남들이랑 비교하지 마. 인생은 상대평가가 아니라 절대평가라고. 남들이랑 비교하는 기준 말고 내 기준에만 맞으면 되는 거야. 네가 열심히 했지? 그럼 된 거야. 그게 더 중요해."

할머니가 커다란 손으로 가을의 왼손을 쓰다듬으며 말했다. 다른 사람과 비교하지 말라는 건 할머니가 자주 하는 말이다. 나이를 먹는 평범한 인간 아이들과 자신을 비교하다 보면 가을은 한없이 저 아래로 가라앉았다. 그럴 때마다 할머니는 가을에게 자신의 삶을 살아야 한다고 말했다. 누구든 아무리 노력해도 가질 수 없는 게 하나씩 있기 마련이다. 그걸 받아들이지 못하고 계속 그것만 바라보다 보면 결국 자신을 미워하게 되는 날이 온다. 타인의 삶은 타인의 삶일 뿐이고 나는 내 삶을 살면 되는 거다. 언제부터인가 가을은 인간과 자신의 삶이 다름을 받아들였다.

"고마워, 할머니. 할머니는 참 지혜로운 거 같아."

"나이는 그냥 먹는 게 아니라고. 이게 다 연륜에서 얻은 깨달음이란다. 나는 다른 사람과 비교 안 해. 딴 사람 부러워해야 좋을 게 뭐 있어?"

할머니가 부처님처럼 인자한 미소를 지으며 말했다.

"근데 할머니. 할머니도 미영 할머니 주식해서 돈 번 거 엄청 부러워했잖아."

할머니는 아쿠아로빅을 다니며 만난 미영 할머니가 투자한 주식이 다섯 배가 올랐다며 무척 배 아파했다. 할머니가 용돈을 모아 투자한 주식은 반 토막이 났으니까.

"그건 그냥 말한 거고. 뭐 조금 부러워도 못 하냐?"

할머니는 쓰다듬던 가을의 손을 들어 옆으로 내팽개쳤다.

"기다려 봐. 내 주식도 곧 오를 테니까. 팔아야 수익이 나는 것처럼 팔기 전까지는 마이너스가 아니라고."

비트코인 사기를 당한 이후 할머니는 주식 투자를 열심히 하고 있다. 엄마와 가을이 걱정하니 주식은 기업에 투자하는 일이라 사기 당할 일 없다며 걱정 붙들어 매라고 했다. 할머니는 핸드폰을 꺼내 주식 관련 영상을 재생했다. 탁자 위에는 『내일은 나도 주식 부자』, 『주식으로 인생역전』이라는 책 두 권이 놓여 있다. 할머니는 이제 제대로 공부하며 투자를 할 거라며 아주 열심이다.

유정이랑 놀다 올 걸 그랬나? 가을은 혼자 방에 있으니 심심했다. 핸드폰을 보고 있는데 수수가 떠올랐다. 스터디카페에 다니느라 바빠서 수수와 통 연락을 못 했다. 부재 중 전화를 보고도 몇 번 모른 척했다. 시간이 없다기보다 사실 마음이 없었다. 수수와는 일주일에 한두 차례씩 통화를 하는데 가을이 야호의 리더 역할을 잘 수행하는 방법을 알려 주기 위한 목적에서 시작했다. 하지만 언젠가부터 수수의 잘난 척만 듣고 있다. 수수도 자랑할 상대가 없는지 가을을 붙잡고 리조트 이야기부터 투자 성공 이야기를 늘어놓았다. 남 자랑을 듣는 것도 한계가 있다. 처음 몇 번은 신기하고 흥미롭지만 자꾸 들으면 언제까지 듣고 있어야 하나 싶어 딴생각을 하게 된다.

책상 앞에 앉은 가을은 수수에게 영상 통화를 걸었다. 오늘은 수수에게 물어보고 싶은 게 있었다.

"왜 이리 오랜만이야?"

수수는 전화를 받자마자 대뜸 그 말을 했다. 가을은 고등학교 공부를 따라잡기 위해 스터디카페에 다니고 있다고 말했다.

"인간 아이 때문에 별걸 다 하는구나."

수수의 말에 기분이 상해 가을이 입을 비죽였다.

"언제였더라. 나도 너처럼 그런 적이 있었어."

가을은 눈을 동그랗게 뜨고 화면 속 수수에게 진짜냐고 물었다.

"그이는 고구려 때 귀족의 아들이었지. 혼인을 앞둔 그가 나를 보고 첫눈에 반해서 구애를 하기 시작했어."

"그러면 안 되잖아요."

"그는 혼인을 원치 않았지만 정략혼인이라 안 할 수가 없었어. 하지만 사랑이란 게 어디 마음대로 되니? 그는 모든 걸 다 버리고 나에게 떠나자고 했어."

"그래서 어떻게 했어요? 같이 떠났어요?"

"멀리멀리 탐라국까지 내려왔어. 그곳까지 가면 아무도 찾으러 오지 않을 거라고 생각했으니까."

탐라국이라면 지금의 제주도를 말한다. 고구려에서 가장 먼 곳이 그때는 탐라였을 것이다.

"수수 님도 그 사람을 좋아했어요?"

"그럼. 그러니까 내가 그의 시간에 맞춰 매일 둔갑하며 살았지. 그이는 몰랐거든. 내가 인간이 아닌걸. 삼십 년을 함께 살고 그 사람이 세상을 떠났어. 그리고 나는 원래대로 돌아왔고."

수수에게 이런 사연이 있을 줄 몰랐다. 수수는 인간과 사랑에 빠지긴 해도 늙어 가는 인간을 더 이상 사랑할 수 없어 떠났다는 이야기만 했었다.

"인간의 시간으로 산 건 그때 딱 한 번이었어. 두 번은 하지 않았어. 이젠 그 사람 얼굴도 잘 기억이 안 나네."

수수는 오랜 세월을 사는 야호라면 한 번쯤 그런 시간이 있다고 읊조렸다. 가을은 수수가 둔갑하며 고등학교에 다니는 자신을 어리석다며 나무랄 줄 알았다. 그런데 의외의 이야기를 들어 놀랐다.

"수수 님. 진짜로 인간의 시간으로 살아 보고 싶은 적 없으세요? 둔갑해서 말고 진짜로요."

이번에도 수수라면 곧바로 당연히 없지, 라고 말할 줄 알았는데 가을의 예상과는 다른 말을 했다.

"가끔 한 번씩 하긴 해. 그건 인간이 불멸을 꿈꾸는 것과 마찬가지 아닐까? 인간이 불멸을 꿈꾸듯 우리는 인간의 삶을 꿈꾸는 거지. 갖지 못하니까 갖고 싶은 거야."

수수는 미련 같은 건 없다는 듯 말했다. 수수의 삶 이야기를 듣다 보면 영화 같다는 생각을 하게 되는데, 아니나 다를까 수수는 자기 이야기를 원안으로 한 영화가 있다며 알려 주었다. 게다가 할리우

드 작가들에게 비싼 값을 주고 팔았다는 거였다. 역시 수수는 돈 버는 데 귀재다.

"오늘은 웬일이야? 네가 다 먼저 연락을 하고? 뭐가 궁금해서 연락한 거야?"

수수는 또 가을의 마음을 쏙 집어 물었다. 수수한테는 뭐든 숨기려야 숨길 수가 없다.

"휴 말이에요. 한국에 왜 돌아온 거예요?"

"갑자기 꿈을 꾸었다며 한국에 가야겠다고 나서더라."

"무슨 꿈인데요?"

휴가 알려 주지 않았다며 수수도 그건 잘 모르겠다고 했다. 예전부터 휴는 꿈을 통해 예지하는 능력이 있었다. 인간들이 야호족 마을을 몰살하려고 했을 때 꿈을 통해 미리 야호들을 피신시킬 수 있었고, 령이 중국에서 사고를 당하기 전 꿈 내용이 심상치 않다며 령에게 가지 말라고 말렸다. 이번에 휴는 무슨 꿈을 꾸었을까.

"근데 꿈은 핑계인지도 모르지."

"핑계라니요?"

"아휴, 휴 불쌍해서 어째."

"휴가 왜 불쌍해요?"

"왜긴. 작대기가 다른 곳으로 향해 있으니까 그렇지. 쯧쯧."

가을은 수수가 무슨 말을 하는지 도통 이해되지 않았다. 그게 무슨 뜻이냐고 물었지만 수수는 더는 말하지 않고 알 듯 말 듯한 미소만 흘릴 뿐이었다.

저녁때가 지나서야 유정이 돌아왔다. 유정이 팥 마카롱을 사 왔는데 할머니는 주식 공부가 끝나면 먹겠다며 먼저 먹으라고 했다.

"이모는?"

유정은 엄마를 불러서 같이 먹자고 했다.

"아, 엄마 병원 갔어."

요양원에 있던 영빈은 몸 상태가 나빠져 얼마 전 병원에 입원했다. 엄마는 자주 영빈을 만나러 갔다.

"이모 심란하겠다."

"그치."

병원에 다녀온 엄마의 얼굴로 영빈의 몸 상태를 짐작할 수 있었다.

가을은 유정과 함께 주방으로 갔다. 유정이 예쁜 접시 위에 마카롱을 가지런히 담아 식탁 위에 내려놓았다. 유정은 보기 좋은 떡이 맛도 좋다고 봉지째 뜯어 먹지 않고 접시나 쟁반 위에 덜어서 먹는 걸 좋아한다. 가을은 유정을 보고 있으면 양반이었을 때 유정의 삶이 어땠을지 보지 않아도 알 것 같았다.

가을은 마카롱을 들어 한 입 베어 물었다. 팥의 은은한 달콤함이 입안을 감돌며 기분까지 달콤해졌다. 안 그래도 기분이 우울해 단 게 먹고 싶었는데 역시 유정밖에 없다. 가을이 고맙다며 팔로 유정의 어깨를 감쌌다.

"이거 내가 산 거 아니야. 휴가 너 주라며 산 거야."

"그래?"

가을은 휴에게 고맙다는 메시지를 보낸 후 유정과 휴가 잘 지내서 다행이라고 말했다. 중학교 2학년 때 둘은 서로를 견제하며 가까이 지내지 않았다.

"동병상련이지 뭐."

"너랑 휴가 뭐가 같아? 공부에 관심 없는 거?"

"아니. 짝사랑하는 거."

유정의 말에 가을은 깜짝 놀라 들고 있던 마카롱을 떨어트렸다. 유정이야 일편단심 현이라는 상대가 있지만 휴도 좋아하는 사람이 있다고? 휴가 전학 온 지 얼마 되지 않았는데 그사이 새로운 사건이 있었나 보다. 그동안 중간고사 준비에 몰두하느라 다른 데 신경 쓰지 못했다.

"휴가 누굴 좋아하는데?"

호기심 가득한 가을의 물음에 유정이 어이없다는 듯 웃었다.

"누구긴 누구야?"

"누군데? 빨리 알려 줘. 궁금하단 말이야."

유정은 대답 대신 손가락을 들어 가을을 콕 집었다.

"장난하지 말고."

가을이 유정의 손가락을 치우는데 유정은 장난이 아니라고 했다.

"휴가 좋아하는 게 나라고? 말도 안 돼. 우린 가족이나 다름없어.

49

아니, 그 이상이라고. 휴랑 내가 어떤 관계인데."

가을이 그럴 리가 없다며 딱 잘라 말했지만 유정이 혀를 쯧쯧 찼다.

"이가을, 너 가만 보면 되게 둔하다. 어떻게 휴가 널 좋아하는 걸 모를 수가 있냐? 역시 등잔 밑이 어둡다는 말이 딱 맞다니까?"

"이게 그럴 때 쓰는 속담이야?"

"몰라. 하여튼 너만 몰랐잖아. 다른 사람들은 다 알걸?"

가을은 너무 어이가 없어서 뭐라고 반박할 말도 떠오르지 않았다. 아무래도 유정이 요즘 할머니와 함께 드라마를 많이 보더니 이상한 쪽으로 생각을 하는 것 같았다. 가을은 유정에게 드라마와 현실을 구별하라고 한 소리 했다.

"그럴 리가 없다니까."

"너, 신우가 왜 휴랑은 안 친할 거 같아?"

"그거야 신우가 낯을 좀 가리니까."

"신우가 휴랑 처음 만난 거야? 그리고 신우가 현이랑은 친하게 잘 지냈잖아. 지금도 둘이 연락할걸? 그런데 신우가 휴랑은 딱 거리를 두잖아. 우리 반에서 휴랑 안 친한 사람은 신우 딱 한 명이야."

며칠 전 휴가 저녁을 먹으러 집에 놀러 왔다. 가을은 휴에게 신우와 잘 지내면 안 되느냐고 물었다. 휴는 가을이 신우 때문에 무리하게 둔갑해 고등학교에 다니는 게 마음에 들지 않는다고 했다. 가을은 그건 오해라며, 신우 때문에 고등학생이 된 게 아니라고 말했다. 중학교 다음 삶이 궁금해서 고등학교에 온 거고, 고등학교 생활이 어렵기도 하지만 재밌는 것도 많다고 말했다. 휴는 알겠다며 신우와 잘 지내겠다고 말했다. 그러나 다음 날도 휴는 계속 신우에게 쌀쌀맞았다.

"이가을, 한번 생각해 봐. 휴가 왜 신우를 좋아하지 않을까? 바로 너 때문이라고. 휴가 너를 좋아하기 때문에 신우와 친해질 수 없는 거야."

"말도 안 되는 소리 하지 좀 마. 그건 상상을 넘어서 망상이라고."

그때 휴에게 답문이 왔다.

맛있게 먹어, 가을아. 다음에 또 사 줄게^^
언제든 먹고 싶은 거 있으면 말해!

가을은 이제까지 휴와 주고받았던 문자를 살폈다. 친구 사이라고 하기엔 너무 친절했고 남매 사이라고 하기에도 말도 안 되게 다정했다. 휴는 항상 살뜰하게 가을을 대했다. 가을에게 어려운 일이 있으면 자기 일처럼 나서서 감싸 주었다. 유정이 가을 옆자리로 옮겨 와 휴가 보낸 메시지를 같이 훑어봤다.

"거봐. 누가 친구한테 이렇게 문자를 보내냐? 휴가 나한테 보낸 거 보여 줘?"

유정이 핸드폰을 꺼내 휴와 주고받은 문자를 보여 줬다. 대부분 내용이 '응', '싫은데', '오키'처럼 짧았다.

"내가 중 2 때는 긴가민가했는데 이번에 확실히 알았어. 휴는 너 구십구 점 구 퍼센트 좋아한다니까."

"백 퍼센트도 아니고 구십구 점 구 퍼센트는 뭐야?"

"순금도 구십구 점 구 퍼센트라고 하잖아."

문득 가을은 옛날 일이 떠올랐다. 야호들 사이에 가을이 휴의 색 시라고 소문났을 때 가을보다 더 화를 낸 건 휴였다. 그런 휴가 가을을 좋아한다고?

"에이, 말도 안 돼!"

가을은 헛소리하지 말라며 옆에 있던 유정을 밀치며 주방에서 나왔다.

삼각관계

점심시간, 가을은 제 옆자리에 앉은 신우와 앞자리에 앉은 휴를 한 번씩 번갈아 쳐다봤다. 둘 다 말이 없다. 말을 하는 건 유정뿐이다. 생각해 보니 휴가 전학을 온 이후로 넷이 함께 점심을 먹었는데 신우는 전과 다르게 조용했다. 작년에 현과 있을 때만 하더라도 신우는 잘 웃고 말도 곧잘 했다. 아니 작년까지 갈 필요도 없다. 휴가 전학 온 이후부터 신우가 달라졌다. 휴도 마찬가지다. 신우가 아닌 다른 아이들과 있을 때는 잘 웃고 농담도 잘하는데 신우와 함께 있을 때만 유독 과묵하다.

"우리 날도 좋은데 이번 주말에 놀러 갈까?"

유정이 물었지만 아무도 대꾸하지 않았다.

"그럴까?"

보다 못한 가을이 대답했지만 신우와 휴는 묵묵히 밥만 먹었다.

"휴, 너 주말에 심심하다며?"

유정이 휴를 콕 집어 물었고 휴는 "별로."라고 대답했다.

"신우, 너는?"

"아, 나는 주말에 학원 특강 있어서 어려울 거 같아."

신우 말이 끝나자마 휴는 "그럼 우리 셋이 가자!" 하고 말했다. 신우가 가을을 바라봤다. 신우는 가지 않았으면 좋겠다는 눈빛이다. 아, 이를 어째야 하나.

신우를 두고 놀러 갈 수는 없기에 가을은 다음에 가자고 말했다.

"곧 기말고사잖아. 방학 때 가자."

"기말고사 한 달도 훨씬 넘게 남았잖아. 너는 성적도 떨…….."

유정이 다음 말을 하지 못하도록 가을이 유정의 다리를 찼는데 휴가 "악!" 하고 소리를 질렀다. 대각선에 앉은 유정이 아닌 휴의 다리를 걷어찼나 보다. 가을은 휴에게 미안하다며 사과한 후 유정에게 눈을 찡긋했다. 신우는 가을의 중간고사 성적을 모르니까.

밥 먹고 급식실에서 나가는 데까지 십 분도 채 걸리지 않았다. 대화 없이 밥만 먹었기 때문이다. 가을은 신우와 휴의 눈치를 살피다가 밥을 반이나 남겼다. 밥이 코로 들어가는지 입으로 들어가는지 모를 정도로 식사 자리가 불편했다.

급식실을 나온 휴는 농구를 하겠다며 운동장으로 갔다. 운동장에는 이미 농구를 하는 아이들이 있었다. 신우도 전에는 저 아이들과 함께 종종 농구를 했다. 가을이 신우에게 같이하러 가지 않겠느냐고 물으려다가 그만두었다. 휴와 신우는 점심만 같이 먹을 뿐 그 외에는 전혀 어울리지 않는다. 휴가 있는 곳에 신우가 가지 않고 휴도 신우가 있는 곳에 가지 않는다. 둘은 물과 기름처럼 안 섞였다.

교실에 도착하자마자 신우는 도서관에 책을 반납하겠다며 책을 챙겨 들고 나갔다. 가을이 유정을 노려봤다. 유정이 왜 그러냐고 물었다.

"너는 왜 괜한 말을 해 가지고. 네가 한 말 때문에 신경 쓰여서 밥도 제대로 못 먹었잖아."

"참 나. 그건 오늘 네가 싫어하는 고등어조림이 나와서 그런 거고."

"아냐. 나 미역국은 좋아한다고. 미역국도 거의 다 남겼어."

가을은 계속 밥을 먹다가는 체할 것만 같았다.

"가을아, 우리 한번 허심탄회하게 대화해 보자. 네가 왜 신경이 쓰였겠어? 네가 봐도 둘이 좀 그러니까 그런 거잖아."

유정은 자기 말이 맞지 않느냐며 팔로 가을의 어깨를 감쌌다.

"아냐. 휴가 그럴 리 없다니까."

"너는 휴가 신우 대하는 걸 보고도 그런 말이 나와?"

"그건 휴가 나를 친 여동생처럼 아끼니까 그런 거지. 휴 입장에서는 내가 걱정되니까."

"너, 정말로 그렇게 생각해?"

유정이 가을의 눈을 똑바로 바라보며 물었고 가을은 대답 대신 끙, 하는 소리를 냈다. 마음이라는 게 참 가볍다. 그렇다고 생각하는 쪽으로 움직이면 그쪽으로 자꾸 생각을 하게 된다. 유정의 말을 듣기 전에는 신우와 휴가 친하지 않다고만 여겼지 서로 경계할 거라는 생각은 하지 않았다. 하지만 유정의 이야기를 들은 후 자꾸 둘 사이가 그렇게 보였다. 수수가 말한 것도 신경 쓰였다. 수수는 휴가 불쌍하다며 작대기가 어쩌고저쩌고했다. 수수의 말도 다 그런 뜻이었나?

"아, 몰라, 머리가 터질 거 같아."

가을은 양 손가락으로 머리카락을 헝클인 후 책상에 엎드렸다. 유정은 가을의 속도 모르고 옆에서 "아아, 사랑이냐 우정이냐. 그것이 문제로다!"라고 종알거리며 가을을 놀렸다.

가을은 오늘 신우에게 스터디카페에 가지 않겠다고 했다. 하루 종일 휴와 신우를 신경 써서 그런지 머리가 아팠다. 스터디카페에 가서도 공부는 안 하고 계속 같은 생각만 하고 있을 게 뻔했다. 그럴 바에는 차라리 가지 않는 게 낫다. 수업 시간에도 선생님 말씀이 귀에 들어오지 않았다. 휴가 자신을 좋아할 리 없다고 생각하면서도 이제까지 휴가 가을을 대했던 행동을 곱씹다 보니 머리가 무척 복잡해졌다. 유정은 그런 가을에게 단순해서 그렇다고 했다. 단순한 사람일수록 한 가지 생각만 반복해서 한다는 거다. 누구보다 단순한 유정에게 그런 말을 들으니 가을은 어이가 없었다. 단순한 건 가을이 아니라 유정이 아니냐고 물으니, 유정은 자기는 복잡한 사람이라 이 생각, 저

생각을 나눠 해 머리가 아플 일이 없다고 했다.

침대에 누워 있는데 신우에게 문자가 왔다.

> 가을아, 몸 좀 괜찮아?
> 오늘 너 계속 컨디션 안 좋았잖아.

가을은 괜찮아졌다며 걱정하지 않아도 된다고 답을 보냈다. 신우까지 신경 쓰이게 만들고 싶지 않은데.

가을은 괜히 책상 앞에 앉은 유정을 째려봤다. 유정이 이상한 말을 하는 바람에 일이 이렇게 된 거다. 유정은 가을의 매서운 눈빛을 느끼지 못하는지 열심히 편지만 썼다. 유정은 현에게 손편지를 쓰고 있다. 현이 아날로그를 좋아한다며 굳이 이메일 대신 손편지를 쓴다.

"가을아, 유정아!"

아래층에서 할머니가 부르는 소리가 들렸다. 가을은 유정에게 편지를 마저 쓰라며 혼자 내려갔다.

"휴한테 반찬 좀 갖다주고 와. 지난번에 물어보니까 귀찮다고 계속 배달 음식만 먹고 있대. 그럼 금방 건강 나빠져."

할머니가 반찬 통을 보냉 가방에 넣었다.

"휴한테 가지러 오라고 하면 안 돼?"

가을은 휴와 단둘이 만나는 게 이상하게 불편했다.

"이게 뭐 대단한 거라고. 그냥 너랑 유정이랑 둘이 갖다주고 와."

"유정이 지금 편지 쓰고 있어."

"아, 그럼 유정이 말고 너 혼자 다녀와."

유정이 세상에서 가장 집중하는 시간은 현과 관련된 일을 할 때다. 그때만큼은 누구도 유정을 방해해서는 안 된다.

"근데 가을이 너 무슨 걱정 있어? 얼굴이 왜 그래?"

가을이 아무 일도 없다고 둘러댔지만 할머니는 역시 할머니였다.

"뭐든 마음에 오래 담아 두면 병 나. 고민 있으면 언제든지 말해. 알았지?"

"알았어."

가을은 반찬 가방을 받아 들고 집에서 나왔다. 할머니 말대로 마음에 오래 담고 있어서 좋을 건 없다.

따져 보면 유정의 말을 듣기 전에는 문제될 게 전혀 없었다. 유정이 괜히 휴의 마음을 오해하고 있는지도 모른다. 가을과 휴가 알게 된 지 오백 년도 넘었고 그사이 둘에게 아무 일도 없었다. 옛날에 휴는 인간과 사랑에 빠지기도 했다. 물론 휴의 정체를 알게 된 인간이 휴를 괴물 취급하는 바람에 휴가 크게 상처를 입었지만. 어쨌든 휴가 가을을 좋아했다면 그런 일이 생기지 않았을 거다.

하나씩 따져 보니 휴가 가을을 좋아할 리 없었다. 휴에게 유정이 한 말을 전하면, 휴는 말도 안 된다며 깔깔 웃을지도 모른다.

그래! 차라리 휴에게 직접 물어보는 거다. 유정이 한 이야기를 전하면 휴는 "너희 둘 진짜 웃긴다."라며 웃을 거다. 그러면 가을은 쑥

스러운 듯 머리를 긁적이며 헤헤, 하고 웃어넘기면 된다. 휴가 아니라고 말해 주면 이 말도 안 되는 생각을 접을 수 있다. 그 생각을 하자 가을의 마음뿐 아니라 발걸음까지 가벼워졌고 어느새 휴의 집에 도착했다.

초인종을 눌렀고 잠시 후 휴가 문을 열어 주었다. 대문을 열고 들어가며 문득 가을은 휴가 사랑했던 여자가 떠올랐다. 할머니와 엄마는 그 여자가 가을과 많이 닮았다고 했고 가을도 여자를 보고 놀라긴 했다. 여자는 가을과 자매라고 해도 좋을 정도로 얼굴과 분위기가 비슷했다. 그건 우연이었을까?

"왔어?"

휴가 현관문을 열고 나왔고 순간 당황한 가을이 뒷걸음질을 쳤다.

"할머니가 이거 가져다주라고 해서."

가을은 반찬 가방을 던지다시피 준 후 휴를 똑바로 바라보지 못하고 집 안으로 들어갔다.

휴가 반찬 가방을 들고 주방으로 갔다. 가을은 따라가지 않은 채 거실 소파에 앉았다.

"근데 너 괜찮아? 얼굴 안 좋아 보여. 둔갑해서 학교 다니느라 피곤해서 그런 거 아냐?"

휴는 가을에게 도대체 언제까지 고등학교에 다닐 거냐며, 조금 다녀 봤으니 이제 그만 다녀도 되지 않겠느냐고 했다. 휴는 냉장고에 반찬 통을 집어넣으면서 계속 가을의 건강을 걱정했다. 가을과 휴가 친 오누이 사이라면 어땠을까? 친오빠여도 이렇게 여동생을 다정하게 걱정할까? 하지만 가을과 휴는 그 이상의 사이인걸. 종일 가을을 지배하던 생각이 몇 배 더 증폭되었고 가을의 머리는 터지기 일보 직전 상태가 되어 버렸다.

아, 도저히 안 되겠다.

"유정이가 되게 이상한 소리를 하는 거 있지?"

"무슨 소리?"

"그게 있잖아. 네가 나를 좋아한다는 거야. 요즘 유정이 드라마를 많이 보더니 자꾸 이상한 쪽으로 생각을 하는 거 같아."

가을은 일부러 웃으며 말했다. 냉장고에 반찬 통을 집어넣던 휴는 아무 대답도 하지 않았다. 뭐지? 못 들은 건가? 하지만 조금 전까지 휴는 가을과 대화를 주고받았다.

가을의 심장이 빠르게 뛰었다. 휴, 얼른 아니라고 말해 줘. 헛소리 말라고 웃으면서 내 머리를 한 대 콩 쥐어박아도 돼.

가을이 무슨 말을 더 하면 좋을지 몰라 안절부절못하는데 휴가 가을이 있는 거실 쪽으로 걸어 나왔다.

그러고는 가을 앞에 한쪽 무릎을 꿇고 앉아 가을을 바라봤다.

"왜 그래, 휴? 장난하지 마."

"장난 아니야. 유정의 말도 틀리지 않고."

휴의 표정은 아주 진지했고 가을은 더 긴장이 되었다.

"그게 무슨?"

가을은 뭐라고 말해야 할지 몰라서 말을 하다가 말았다.

"가을아. 나, 너 좋아해. 가족으로서가 아니야."

"갑자기 왜 그래? 네가 날 좋아한다고?"

"숙종 때였나? 그때 기억나? 네가 내 색시라고 소문났었잖아."

휴는 뜬금없이 옛날 소문을 꺼냈다.

"당연히 기억하지. 그때 네가 엄청 화냈잖아."

그때 휴가 하도 화를 내서 가을이 다 민망할 정도였다.

"야호족 율이 알지? 율이가 백제 때 서동에게 서동요를 만들도록 시켰거든."

평민인 서동은 신라 진평왕의 셋째 딸 선화 공주를 사모했다. 야호인 율은 인간 서동과 도모해 아이들에게 마을 나누어 주며 서동과 선화 공주가 사랑에 빠졌다는 노래를 가르쳤다. 결국 전국에 노래가 퍼졌고 서동은 선화 공주와 결혼을 하게 된다. 그래서 율은 서동이 백제의 무왕이 되었을 때 벼슬에 올랐다.

"율이 날 돕겠다며 나한테 허락도 안 받고 서동요 전법으로 너랑 내 사이를 소문낸 거야. 근데 그건 좀 치사하잖아. 그런 식으로 네 마음을 얻고 싶지 않았어."

휴가 화를 냈던 이유를 가을은 이제야 알게 되었다.

"물론 오백 년 동안 줄곧 너를 좋아한 건 아니야. 때로 너는 내게 가족이었고 친구였고 연인이었어. 누나가 떠나고 난 후에 너를 향하고 있는 내 마음이 뭔지 알게 되었어. 그래서 신우와 잘 지내는 게 힘들어. 나는 네가 인간 따위 사랑하지 않았으면 좋겠어. 결국 상처받는 건 너일 테니까. 나는 네가 누구보다 행복하길 바라."

휴의 마음이 온전히 가을에게 전해졌고 가을은 어떤 대답도 할 수가 없었다. 이런 말을 들으려고 휴에게 직접 물어본 게 아닌데.

"미안해. 오늘은 그만 가 볼게."

가을은 도망치듯 휴의 집에서 나왔다.

왜 또 삶은 예측하지 못한 대로 흘러가는가. 전혀 예상하지 못한 휴의 마음을 알게 되었다. 가을은 이제 어떻게 해야 할까. 휴의 고백이 계속 머릿속에서 떠나지 않아 괴로웠다.

"바람이나 쐬자. 그렇게 누워만 있으면 머리만 더 아프다고."

유정이 침대에 누운 가을을 일으켜 세웠다. 토요일이라 종일 누워 있을 생각이었는데 유정이 갈비찜이 먹고 싶다며 마트에 가자고 했다. 할머니가 가겠다는 걸 유정이 둘이 다녀오겠다며 가을을 끌고 나왔다.

원래는 갈비찜 재료만 살 생각이었는데 할머니가 카드를 주면서 먹고 싶은 것을 다 사도 된다고 했다. 가을과 유정은 한참을 과자 코너에 서서 과자를 골랐다.

가을은 새로 나온 제품들을 카트에 넣었고 유정은 예전부터 먹던 과자를 넣었다. 유정과 가을의 쇼핑 취향은 정반대다. 유정은 구관이 명관이라며 아는 맛을 찾지만 가을은 전에 먹어 보지 못한 신제품을 고른다. 둘의 취향이 다르다 보니 카트가 과자로 가득했다.

"너 학교 계속 다닐 거야?"

"응. 이왕 입학했는데 1학년은 다녀야지."

"안 불편하겠어?"

가을은 당장 월요일부터 학교에 가서 신우와 휴를 한꺼번에 만날 생각을 하니 가슴이 답답해졌다. 휴에게 묻지 말 걸 그랬나 보다. 긁어 부스럼이 되었다.

"공부도 하다 보니까 할 만해. 반 아이들도 괜찮고 담임 샘도 좋은 사람 같아."

가을은 교실을 떠올리며 말했다.

"하긴. 담임 샘이 가을이 너를 유달리 편애하는 것 같아. 너만 특별히 좋아하는 느낌이라고. 종례할 때 너 없으면 꼭 찾는다니까."

"또 헛소리한다."

가을이 고개를 절레절레 저었고 유정은 자기 말이 틀린 적이 있느냐고 했다. 휴 이야기를 꺼내려고 해서 손으로 아예 유정의 입을 막아 버렸다. 솔직히 가을이 생각해도 담임 선생님이 잘해 주긴 했다. 가을을 만나면 다정하게 말을 건넬 뿐 아니라 종종 쿠키나 음료수도 사 주고 며칠 전에는 수학 문제집도 줬다.

"가만 보면 가을이 너 담임 샘이랑 엄청 친한 거 같아."

"너도 마찬가지잖아. 우리 같이 산다는 말도 하고."

"어? 나 그런 말 안 했는데?"

"그래? 근데 담임 샘이 어떻게 알았지?"

신우가 말했을 리는 없는데 도대체 어떻게 안 거지? 유정이 이런 저런 말을 하다가 흘린 게 아닐까 의심하고 있는데 누군가 유정의 이름을 불렀다. 고개를 돌려 보니 같은 반 수지였다.

"뭐가 이렇게 많아?"

수지는 가을이 밀고 있는 카트 안을 보고 너무 많이 산 거 아니냐며 놀랐다. 가을이 수지에게 손을 들어 인사하려고 하는데 수지가 유정에게 가을을 가리키며 누구냐고 물었다.

"어? 아, 얘는 가을이 동생. 겨울이."

가을은 인사하려던 손을 내리고 고개를 숙여 인사했다. 그제야 가을은 자신이 둔갑을 안 한 상태임을 자각했다.

"어쩐지. 가을이랑 너무 닮아서 놀랐잖아. 중학생?"

수지가 물었고 가을은 "네." 하고 대답했다. 수지는 월요일에 보자며 가 버렸다.

가을은 갈비찜 재료를 제외하고 카트에 담긴 다른 물건을 원래 자리로 가져다 놓았다. 갑자기 새로 나온 과자가 하나도 궁금하지 않았다.

"가을아, 왜 그래?"

"나 가을이 아니잖아. 겨울이잖아."

가을은 퉁명스럽게 대답했다. 고작 이 년 차이인데 못 알아보다니. 지금 이 모습이 진짜인데. 가을은 자신이 가면을 쓴 채 생활하고 있다는 걸 깨달았다. 가짜로 살고 싶지 않아 오백 년 내내 둔갑을 하지 않고 계속 열다섯의 모습으로 지냈던 건데 이제 와서 고등학생이라니.

입학식 날 가을을 보고 좋아했던 신우가 떠올랐다. 신우가 좋아한 것도 역시 가을의 가짜 모습인가. 언제까지 가짜인 상태로 신우 옆에 머무를 수 있을까.

마트에서 나와 집으로 걸어오는 동안 가을은 아무 말도 하지 않았다. 유정은 계속 가을의 눈치만 살폈다.

유정이 할머니를 도와 갈비찜을 만드는 동안 가을은 피곤하다며 먼저 2층 방으로 올라왔다. 마트에 가기 전까지만 하더라도 휴와 관련된 고민을 했는데 지금은 온전히 자기 자신만 걱정하고 있다. 고민하는 건 똑같은데 그 내용만 달라졌다. 결국 고민은 다른 고민으로 덮어야만 하는 건가. 가을은 이 상황을 다행이라고 여겨야 하는 건가 싶었고 쓸쓸하기만 했다.

핸드폰 벨이 울려 책상 위로 손을 뻗었다. 유정이 내려 오라고 전화를 한 건가 싶었는데 엄마다.

가을이 전화를 받았는데 엄마는 아무 말도 하지 않았다. 가을이 몇 번 "엄마, 엄마." 하고 불렀지만 대답이 없었다. 버튼을 잘못 눌렀나? 가을이 전화를 끊으려고 하는데 엄마가 가을을 불렀다.

"가을아, 영빈이가…… 가 버렸어."

가을은 령의 이름을 부르면서 잠에서 깼다.
모든 게 꿈이었다는 걸 깨닫자 눈물이 줄줄 흘렀다

2부

우리들의 시간

장례식

엄마도 할머니도 선도 휴도 아무런 말을 하지 않았다. 가을은 고개를 돌려 엄마를 바라봤다. 엄마는 눈에 띄게 야위어 있다. 마치 엄마 몸속 수분이 모두 증발해 버린 것만 같다.

언제였더라. 가을네 옆집에 살던 아이가 있었다. 가을보다 어린 초등학생이었는데 계곡에 놀러갔다가 물에 빠져 죽었다. 생글생글 잘 웃던 아이의 엄마는 며칠 새 다른 사람이 되어 있었다. 아줌마가 마른 고목처럼 보였다. 할머니는 다른 건 다 잃어도 살아갈 수 있지만 자식 잃고는 살아갈 수 없다는 말을 했다. 엄마는 그때 그 옆집 아줌마의 얼굴을 하고 있다.

가을네 가족 앞에 엘리베이터가 도착했다. 가장 먼저 탄 가을이 지하 1층 버튼을 눌렀다. 영빈의 소식을 전하자 휴도 함께 오겠다고 나섰다. 영빈이 어렸을 때 휴도 함께 어울려 놀았으니까. 선은 엄마

68

가 쓰러질까 봐 걱정된다며 같이 왔다.

영빈이 있는 곳은 복도 끝 1호실이다. 선이 엄마를 부축했고 가을은 할머니의 손을 잡고 복도를 걸었다. 누군가 오열하는 소리, 찬송가 부르는 소리 등이 한꺼번에 들려왔다.

1호실 앞에 도착했다. 어딘가 영빈을 닮은 사람들이 검은 상복을 입고 손님을 맞이했다. 저 사람은 영빈의 딸인가? 저 젊은 사람들은 손주? 예전에 영빈이 자기를 닮은 딸 둘과 아들 한 명을 낳았다며 사진을 보여 준 적이 있다. 사진 속 어린 아이들은 이제 저렇게 컸구나. 영빈의 자녀는 할머니만큼 나이가 많아 보였다.

분향소에 놓인 환하게 웃는 영빈의 사진을 보자 가을은 기분이 이상했다. 꼭 몸이 녹아내리는 것만 같았다. 이제 영영 영빈을 만나지 못하는 건가. '초아 누나', '초아 누나' 하며 가을을 따랐던 꼬마 영빈, 가을이 학교에서 괴롭힘을 당하고 돌아오면 쫓아가서 대신 싸웠던 소년 영빈, 취직했다며 선물을 사 왔던 청년 영빈, 회사 중역 자리에 올랐다며 자랑을 하던 중년 영빈, 할머니보다 더 나이 들어 버렸다며 허탈하게 웃던 노인 영빈. 가을은 모든 영빈을 기억한다.

엄마가 요양원에 있는 영빈을 만나러 간다고 했을 때 가을은 몇 번 가지 않았다. 영빈이 자신을 알아보지 못하는 것도 싫었고 너무 나이 들어 버린 영빈을 보고 싶지 않았다. 하지만 이제는 그런 영빈조차 다시는 만날 수가 없다.

가을네 가족은 영빈 사진 앞에 서서 고개를 숙여 묵념한 후 옆에서 있던 상주에게 인사했다.

"예전에 아버님이 전주 계실 때 함께 일했어요. 그때 도움을 많이 주셨어요."

할머니가 영빈의 자녀들에게 영빈과의 관계를 찬찬히 설명했다. 누군지도 모르는 사람들이 찾아와 애통해하는 걸 이상하게 여길 수도 있다.

"요양원에도 오셨죠?"

"네. 도움을 아주 많이 받았거든요."

엄마와 할머니는 되도록 영빈의 가족들과 마주치지 않으려고 노력했지만 하도 자주 요양원에 가다 보니 몇 번 마주친 적이 있었다.

"와 주셔서 정말 감사합니다."

잠시 뒤 가을네 가족은 장례식장에서 나왔다. 밖으로 나오자마자 엄마는 몸에 기운이 없는지 주저앉아 버렸고 선이 엄마를 안으며 부축했다.

세상을 떠난 이는 영원히 볼 수 없다. 가을은 누구보다 영원의 무게를 잘 알고 있다.

령의 장례식은 어땠을까. 가을은 령의 장례식에 참석하지 못했기 때문인지 령이 영원히 떠났다는 걸 여전히 믿을 수가 없다. 정말로 령을 다시 못 만나는 건가? 영영? 가을은 울음이 터져 나올 것 같았다.

가을은 장례식장 뒤쪽에 얕은 산으로 달렸다. 이곳에서 멀어지면 슬픔도 멀어질 것 같았다.

"령 님, 령 님, 령 님!"

가을은 령을 부르고 또 부르며 달렸다. 목에 숨이 차올라 더 이상 달리지 못할 때까지 달린 후에야 가을은 멈춰 섰다. 가을은 그대로 무릎을 안은 채 주저앉아 버렸다. 그때 가을을 부르는 휴의 목소리가 들렸다.

"가을아."

휴가 가을을 뒤따라왔다.

"나 령 님이 너무 보고 싶어. 보고 싶어 미치겠어."

가을은 주먹으로 제 가슴을 쿵쿵 쳤다. 그러지 않으면 저 아래로 꾹꾹 눌러두었던 령에 대한 그리움이 터져 나와 가슴이 터질 것 같았다.

"령 님한테 마지막 인사도 제대로 못 했어. 나는 아직도 령 님이 세상에 없다는 게 믿기지가 않아."

가을은 야호들의 반대로 령의 장례식에 가지 못했고 두고두고 그 일이 마음 아팠다. 령의 구슬이 가을에게 있는 한 언제까지 령이 옆에 있다고 위안 삼았지만 령을 다시는 볼 수 없는 건 변함이 없다. 슬프게도 꿈에서조차 령을 볼 수가 없다.

"령 님의 장례식은 어땠어?"

"누나 장례식에는 살아 있는 모든 야호가 왔어. 아마도 야호족이 탄생한 이래 이렇게 모든 야호가 한자리에 모인 것은 처음이었을걸.

장례식장은 누나의 털색과 똑같이 은빛이 감도는 하얀색으로 모든 걸 꾸몄지."

휴는 령 장례식 이야기를 천천히 들려주었다. 가을은 눈을 감은 채 그 장면들을 하나씩 떠올려 보았다. 이제야 령의 장례식에 참여한 것 같았다.

지금까지 살면서 가을은 수많은 이별을 했고 그것이 야호의 숙명이라고 여겼다. 그래서 괜찮을 줄 알았다. 하지만 이별이 반복된다고 익숙해지는 건 아니다. 이별의 대상이 매번 달라지기에 이별의 아픔은 더 깊어질 뿐이다. 가을은 앞으로 겪어야 할 헤어짐을 생각하니 마음이 아렸다. 가을은 사랑하는 사람들과 헤어지는 게 너무 힘들었다.

"나도 누나가 보고 싶어."

휴가 낮은 목소리로 말했다. 휴도 령이 많이 보고 싶을 테지. 누군가는 한 사람을 잊는데 그 사람과 함께한 시간의 두 배가 필요하다고 말한다. 휴와 령이 함께한 시간은 사천 년이 훌쩍 넘는다.

가을은 종종 그 생각을 한다. 만약 령이 최초 구슬을 계속 가지고 있었다면 어땠을까? 이미 지나간 과거를 되돌릴 수 없다. 가을은 알면서도 그 생각을 하지 않을 수가 없었다.

"나만 아니었으면……."

"그런 말도 안 되는 소리 하지 마!"

가을이 말을 다 하기도 전에 휴가 말을 잘랐다. 휴는 다시 그 말을 하면 정말로 화를 낼 거라며 단호하게 말했다.

얼마나 시간이 지났을까. 어느새 땅거미가 져 숲이 어둑어둑해졌다. 휴는 가을이 진정될 때까지 묵묵히 가을 옆에 있어 주었다.

"이제 가야겠다. 할머니가 걱정하시겠어."

휴의 말에 가을은 핸드폰을 꺼내 보았다. 할머니에게 부재 중 전화가 여러 번 와 있었다. 무음으로 해 두어서 전화가 온 줄 몰랐다.

가을은 바닥에서 일어나 엉덩이에 묻은 흙을 손으로 툭툭 털었다. 산을 내려오며 가을은 휴에게 조심스럽게 말했다.

"휴, 나 지금처럼 너랑 편하게 지내고 싶어. 어색해지는 거 싫어."

"알았어. 우리한테는 시간이 많으니까. 천천히 기다릴게."

"그런 말 좀 하지 마."

가을은 주먹으로 휴의 팔을 콩 때렸다. 가을은 휴와 있는 게 다시 어색해지려고 했다.

"너 돌아온 이유, 정말로 나랑 신우 때문이야? 수수 님이 그렇게 말하던데?"

"그건 아냐. 정말로 꿈을 꿨어."

"무슨 꿈?"

"꿈에서 누나가 나왔어. 너에게 가래. 정말로 그 이유가 다야. 그러니까 가을아, 무슨 일이 생기면 나한테 꼭 말해 줘야 해."

가을은 알겠다고 고개를 끄덕였다. 가을에게는 언제든 어디서든 휴가 자신을 지켜 줄 거라는 믿음이 있다. 가을과 휴는 그런 관계다.

"휴, 너는 내 오빠고 남동생이야. 나도 네게 여동생이자 누나이고. 알지?"

휴는 아무 대답도 하지 않았고 가을이 눈썹을 찡그리며 대답을 해 달라는 눈짓을 보냈다.

"알아."

휴의 대답을 들은 가을은 다시 걸었고 휴도 가을을 뒤따랐다.

가을은 신우의 손을 잡고 공연장을 빠져나왔다.

"가을아, 재미있었어?"

"어? 어."

신우는 침울해하는 가을을 위해 뮤지컬 공연을 예매했다. 신나는 음악과 배우들의 재치 있는 대사로 인해 공연장에 웃음소리가 끊이지 않았다. 하지만 가을의 마음은 좀처럼 나아지지 않았다. 영빈의 장례식에 다녀온 이후로 령에 대한 생각이 자주 떠올랐다. 꿈속에서 령을 찾다가 울면서 깨어난 적이 여러 번이다.

"가을아, 뭐 마실래?"

가을은 그러자고 고개를 끄덕였다. 둘은 공연장 근처에 있는 카페로 들어갔다. 신우는 가을에게 날이 덥지만 따뜻한 것을 마시는 게 더 나을 것 같다며 카모마일 차를 주문했다.

"고마워, 신우야."

"뭐가?"

"그냥 다 고마워."

신우는 학교에서도 밖에서도 계속 가을의 기분이 어떤지 신경을 썼다. 가을은 괜찮은 척하려고 노력했다. 특히 집에서는 엄마 때문이라도 더욱 속상한 마음을 숨겼다.

"엄마는 계속 안 좋으셔?"

"응. 좀 괜찮아지는 것 같다가도 다시 그러네."

엄마는 밥을 제대로 먹지 못해 살이 많이 빠졌다. 엄마가 하도 밥을 먹지 않으니 할머니는 그러기에 왜 인간을 데려와서 키웠느냐며 화를 냈다. 가을은 할머니의 말이 진심이 아니라는 걸 안다. 할머니도 너무 속상해서 그랬을 거다. 평소였다면 엄마가 할머니에게 따박따박 말대꾸를 하며 받아쳤을 테지만 엄마는 "그러게." 하며 눈물을 떨구었다. 그러자 할머니가 엄청 당황했다. 할머니만 나쁜 사람이 되었다. 가을은 밤중에 엄마 방을 지나가다가 엄마가 우는 소리를 여러 번 들었다.

"자식을 잃은 부모를 일컫는 단어는 없대. 너무 슬프고 비참한 심정이라 표현할 말이 없다는 거야."

가을은 엄마의 슬픔을 가늠할 수조차 없었다.

"우리 할머니가 그랬겠구나."

신우가 쓸쓸하게 그 말을 했고 가을은 아차 싶었다. 사고로 세상을 떠난 신우의 아빠는 두심의 하나뿐인 아들이었다.

"할머니도 나도 엄마 아빠 이야기를 잘 안 해. 제삿날 관련해서 이야기하는 게 다야. 할머니도 아빠가 너무 보고 싶어서 말씀을 못 하시나 봐. 생각하면 너무 슬플 테니까. 할머니는 내가 있어서 다행이라는 말씀만 하셔."

가을은 두심이 왜 그런지 알 것도 같았다. 그동안 신우는 엄마 아빠와 관련된 이야기를 거의 하지 않았고, 가을도 먼저 물어보지 않았다. 상처를 건드리게 될까 봐 조심스러워서. 하지만 신우도 가끔은 엄마 아빠 이야기를 하고 싶지 않을까.

"신우야, 너는? 엄마 아빠 많이 보고 싶지?"

신우는 대답을 바로 하지 않고 머뭇거렸다.

"사실은 기억이 잘 안 나. 어떤 날은 사무치게 엄마 아빠가 보고 싶은 날이 있어. 그런데 그게 내가 기억하는 엄마 아빠를 향한 건지 그냥 부모라는 대상이 보고 싶은 건지 모르겠어. 나는 나중에 부모가 되면 자식 옆에 오래 있어 줄 거야. 다른 건 못 해도 그것만큼은 꼭 할 거야."

신우는 그 말을 하며 괜찮다는 듯 미소를 지으려고 했지만 표정이 일그러지며 우는 듯한 얼굴이 되어 버렸다.

"가을아, 나는 가끔 무서워. 할머니가 세상을 떠나면 나는 완전히 혼자가 되는 거니까."

신우 맞은편에 앉았던 가을은 일어나서 신우 옆자리에 앉았다. 한 팔로 신우 어깨를 감싼 후 토닥여 주었다. 가을에게 기댄 신우는 비 맞은 강아지처럼 떨었다. 가을은 신우의 슬픔을 가져오고 싶었다. 그리고 언제까지 신우 옆에 있어 주고 싶었다.

'신우야, 나는 네 옆에 있을 거야. 그리고 무슨 일이 있어도 널 지
킬 거야.'

가을은 마음속으로 이 말을 되뇌었다.

위로

가을은 령의 이름을 부르면서 잠에서 깼다. 두 손을 내밀어 보았지만 아무것도 잡히지 않았다. 모든 게 꿈이었다는 걸 깨닫자 눈물이 줄줄 흘렀다.

"가을아, 왜 그래?"

옆 침대에서 자다가 깬 유정이 물었다. 가을은 미안하다며 조용히 문을 열고 바깥으로 나왔다. 거실 소파에 기대어 앉았다.

언제였을까. 령과 가을이 한복을 곱게 입고 있는 걸 보면 옛날이었던 것 같다. 언덕 위에 령이 앉아 있었다.

"령 님! 령 님!"

가을이 부르는 소리에 령이 고개를 돌려 활짝 웃었다. 하지만 령이 갑자기 달리기 시작했다. 가을도 령을 쫓아 달렸지만 손에 잡힐 듯 말 듯 결국 령을 잡을 수 없었다.

령은 떠난 후 단 한 번도 가을의 꿈에 나타나지 않았다. 휴도, 수수도, 엄마와 할머니도 령을 꿈속에서 만났다고 했지만 가을은 꿈속에서조차 만날 수 없어 안타까웠다. 그런데 영빈이 장례식 이후로 령이 꿈에 나타나기 시작했다. 가을은 그렇게라도 령을 보면 좋을 줄 알았는데 마음이 더 아릴 뿐이다.

"령 님……."

가을은 가슴이 콱 막힌 것만 같았다. 주먹으로 가슴을 쿵쿵 두드렸다. 령을 매일 생각하지는 않는다. 다만 찬바람이 불면 령이 떠오른다. 령은 목이 따뜻해야 한다며 가을에게 스카프를 둘러 주었으니까. 급하게 밥을 먹을 때 령이 생각난다. "아가, 천천히 먹으렴." 하고 가을에게 물잔을 슬며시 옮겨 주었으니까. 속상할 때 령이 떠오른다. 가을의 어깨를 천천히 어루만지며 "괜찮아, 다 괜찮아."라고 말해 주었으니까. 하늘이 맑은 날에는 "한 번씩 고개를 들어 저 푸른 하늘을 좀 보렴." 하고 말했지. 비가 오는 날에는 "잠시 하던 일을 멈추고 빗소리에 귀를 기울이렴." 하고 말해 주었다. 가을의 생활 곳곳에 령이 있다. 어찌 령 생각을 하지 않을 수 있을까.

령이 중국으로 가기 전에 가을을 찾아왔다. 령이 한번 안아 보자고 했지만 그날 왠지 부끄러워 령에게 안기지 않았다. 그때 령을 안아볼걸. 가을은 두 손으로 얼굴을 가렸지만 울음소리가 손바닥 바깥으로 새어 나가는 걸 막을 수 없었다.

유정이 옷을 챙겨 입으며 물었다.

"가을아, 정말 같이 안 갈래? 집에 있지 말고 바람이나 쐬고 오자."

"괜찮아. 그냥 집에 있을래."

토요일, 유정은 현에게 보낼 물품을 사러 간다며 가을에게 함께 쇼핑을 하러 가자고 했다. 현은 얼마 전 멕시코를 떠나 네덜란드로 옮겨 갔다. 거기에도 웬만한 건 다 있다고 해도 유정은 굳이 현이 쓸 물건이나 먹을 식재료를 사서 보냈다.

유정이 나간 후 가을은 혼자 방에 남았다. 새벽에 꿈을 꾸다가 일어난 이후로 계속 마음에 구멍이 뚫린 기분이다. 그 구멍으로 몹시도 시린 바람이 계속 드나들었다.

가을은 핸드폰을 열었다. 령에 대한 이야기를 나눌 수 있는 사람은 휴뿐이다. 휴는 언제든지 령 때문에 슬픈 생각이 들면 자기를 부르라고 했다. 하지만 휴에게 연락하려고 하니 괜히 신우에게 미안한 마음이 들었다.

집에 가만히 있으니 구멍의 크기가 점점 커지기만 했다. 아까 유정을 따라갈 걸 그랬나? 하지만 현에게 줄 물건을 함께 고르고 싶진 않다.

가을은 무작정 가방을 챙겨들고 집에서 나왔다. 할머니와 엄마에게 나갔다 온다고 말했지만 어디를 가야 할지 모르겠다.

령의 공원은 잘 있을까? 예전에 령과 가끔 같이 갔지만 령이 떠난 후 한 번도 들르지 못했다. 야호족 회의 때 잘 운영되고 있다는 보고를 들었을 뿐이다. 그곳에 가야겠다.

차를 타고 한 시간 즈음 지나자 공원에 도착했다.

우리들의 공원

공원 입구에 령이 손수 지은 이름을 새긴 비석이 서 있다. 이 공원
에는 오래된 나무뿐만 아니라 천연기념물로 지정된 야생 동물들이
산다. 사십 년 전쯤 이곳에 골프장을 지을 계획이 발표되었다. 환경
단체에서는 크게 반발했지만 땅 주인이 이미 건설사에 땅을 팔기로
마음먹었기에 돌이키는 게 쉽지 않았다. 그때 령이 야호족 원로들에
게 부탁해 여길 몇 배 더 비싼 값을 치르고 샀다. 령의 노력으로 자연
을 그대로 보존한 곳이 꽤 여러 군데다. 령은 야호족과 함께 자연을
지키기 위해 노력했지만 개발을 완전히 막을 수는 없었다. 령의 뜻을
이어받은 가을도 인간과 자연 사이에서 어떻게 균형을 되찾을 수 있
을까가 늘 큰 고민이다.

공원 안으로 깊숙이 들어가자 사람이 거의 없었다.

"령 님, 이 나무 엄청 많이 자랐어. 여기 꽃도 피었네?"

가을은 마치 옆에 령이 있는 것처럼 계속 말했다.

"령 님, 우리 여기에 돗자리 깔고 누워서 한참 하늘을 바라봤잖아.
그때 정말 좋았는데."

가을은 풀 한 포기, 나무 한 그루를 허투루 지나치지 않고 찬찬히

들여다보며 조심히 만졌다. 여긴 령과 함께 보고 걷고 느꼈던 게 고스란히 담긴 곳이다.

해가 질 때가 되어서야 가을은 공원에서 나왔다.

정류장에 앉아 버스를 기다리는데 한참이 지나도 버스가 오지 않았다. 버스 앱을 열어 검색해 보니 다음 버스가 오려면 삼십 분은 더 기다려야 한다. 공원을 돌아다닐 때는 몰랐는데 가만히 앉아 있으니 배가 고팠다. 생각해 보니 점심도 못 먹었다. 주린 배를 움켜쥐었는데 가을 앞에 오래된 자동차 한 대가 멈춰 섰다. 열린 창문으로 차 안에 있는 사람이 가을을 불렀다.

"왜 여기 있어?"

"어? 선생님?"

가을의 담임 선생님이었다.

"버스 기다려?"

"네."

"여기 버스 잘 안 오는데. 타. 데려다줄게."

가을은 잘됐다 싶어 담임 선생님 차에 올라탔다. 선생님은 가을에게 왜 혼자 여기에 있냐고 물었다. 공원에 놀러 왔다고 하니까 신우와는 같이 오지 않았냐며 둘이 싸웠느냐고 물었다.

"싸우긴요. 그냥 혼자 오고 싶었어요. 선생님은 여기 왜 오셨어요?"

"아, 내가 주말마다 유기 동물 보호소에서 봉사 활동을 하거든. 이

근처야."

담임 선생님 옷과 머리카락에 강아지 털이 묻어 있었다.

"우리들의 공원 정말 멋진 곳이지."

"선생님도 이 공원 아세요?"

"그럼 아주 잘 알지. 후원도 하는걸."

령의 공원을 칭찬하는 걸 들으니 괜히 가을이 뿌듯했다.

"근데 가을아, 요즘 무슨 일 있어? 계속 표정이 안 좋던데."

"괜찮아요. 그냥 좀 피곤해서요."

가을은 아무 일도 없다며 둘러댔다.

토요일 저녁이라 그런지 길이 막혔다. 가을의 배에서 꼬르륵 소리
가 났는데 조용한 차 안이라 그런지 아주 크게 들렸다. 가을이 민망
해서 고개를 숙이자, 담임 선생님이 웃으며 뒷좌석에 있는 쇼핑백을
열어 보라고 했다. 가을은 몸을 돌려 쇼핑백을 앞으로 가져왔다. 안
에 빵이 여러 개 들어 있었다.

"점심으로 먹으려고 가져왔는데 먹을 틈이 있어야지. 그거 먹어."

가을은 고맙다는 말을 한 후 빵 봉지를 뜯었다.

"선생님도 드세요."

가을이 빵을 내밀었지만 담임 선생님은 입맛이 없다며 이따가 집
에 가서 먹겠다고 했다. 가을은 단팥빵을 골랐다. 팥소가 달지 않으
면서 부드러웠다.

"이 빵 정말 맛있어요."

가을은 배가 고픈 나머지 빵을 허겁지겁 삼켰다.

"아이고, 아가. 천천히 먹으렴. 그러다 체한다."

담임 선생님의 말을 듣자 가을은 갑자기 울컥했다. 령이 가을에게
해 줬던 말과 똑같았다. 가을이 빵을 먹다 말고 울음을 터뜨렸고 놀
란 선생님이 차를 갓길에 세웠다.

"미안해, 가을아. 그러다 체할까 봐 걱정돼서 한 말이었어."

가을은 담임 선생님을 당황하게 만들려는 건 아니었다. 하지만 한
번 터진 울음은 멈추지 않았다. 가을은 울고 또 울었다. 선생님은 가
방에서 손수건을 꺼내 가을에게 건넸다.

"진작 돌려주지 못해서 미안해."

이건 예전에 울고 있던 담임 선생님에게 가을이 줬던 손수건이다.
선생님이 가을을 알아보지 못한 줄 알았는데 아니었나 보다.

"돌려주려고 했는데 명색이 담임이다 보니까 좀 그런 거야. 그래
서 계속 갖고만 다녔어."

가을은 건네받은 손수건으로 눈물을 닦았다.

"그날 손수건 줘서 고마웠어. 나, 언니가 있었거든. 평소에는 괜찮
은데 가끔 언니가 미치게 그리울 때가 있어. 그러면 울음 버튼이 눌
러진 것처럼 갑자기 막 눈물이 나와."

"선생님 언니는 혹시…… 세상을 떠나신 거예요?"

가을이 조심스럽게 물었고 담임 선생님이 고개를 끄덕였다.

"저도 정말 친한 친척 언니가 있는데 세상을 떠났어요."

가을은 령을 어떻게 말해야 할까 하다가 친척 언니라고 말했다. 실은 친척보다 더 가까운 사이이긴 하다.

"너무 보고 싶은데 다시 볼 수 없다는 생각을 하면 미칠 거 같아요."

가을은 주먹으로 가슴을 쿵쿵 쳤다. 담임 선생님은 가을의 어깨를 토닥여 줬다.

"가을아, 아메리카 원주민 속담에 이런 말이 있대. 사람은 기억에서 사라질 때 죽는다고. 나는 그 말을 참 좋아해. 언니가 보고 싶을 때면 난 실컷 언니 생각을 해. 너도 그러렴. 네가 친척 언니를 기억하면 돼. 그러면 친척 언니는 계속 너와 함께할 거야."

차 안에 따뜻한 공기가 나왔고 담임 선생님의 말은 더 없이 따뜻했다. 가을은 이상하게 마음이 편해졌다.

담임 선생님이 집까지 데려다준다고 했지만 가을은 괜찮다며 지하철역에 내려 달라고 했다. 엄마에게 줄 키리쉬 케이크를 사기 위해서였다.

엄마의 방문은 굳게 닫혀 있다. 가을은 문을 똑똑 두드렸다. 방 안에서 아무 기척이 없어 가을은 "엄마." 하고 불렀다.

"엄마, 나 들어가도 돼?"

잠시 후 "응." 하고 엄마가 대답했다.

방으로 들어온 가을은 케이크 접시가 든 쟁반을 탁자 앞에 내려놓

왔다. 유정이 하는 것처럼 케이크를 예쁘게 잘라 접시에 담았다.

"엄마 주려고 사 왔어. 좀 먹어 봐."

침대에 누운 엄마는 이따 먹겠다는 말만 할 뿐 케이크를 쳐다보지도 않았다.

"좀 먹어. 그러다 엄마 병난다고."

"이따 먹을게."

엄마 목소리에 기운이 하나도 없다.

"영빈이만 자식이야? 나는 자식도 아니야?"

핼쑥한 엄마 모습에 속상해 가을은 마음에도 없는 소리를 해 버렸다. 엄마는 "미안해."라고 대꾸했다. 차라리 화를 내면 좋았을 텐데.

"미안해, 엄마. 나는 그런 뜻이 아니었어. 엄마가 너무 힘들어 하니까 나도 속상해서 그랬어."

가을은 얼른 사과했다. 가족은 가장 가깝기에 때로 너무 함부로 대하기도 한다. 아마 이제까지 엄마와 할머니에게 상처 준 걸 따지면 몇 날 며칠을 세워 이야기해야 할 거다. 어쩌면 그렇게 모진 말을 하고 상처 주는 행동을 할 수 있었을까. 생각해 보면 얼굴이 뜨거워질 정도다. 아마 가족이 아니라 남이었으면 진작 인연을 끊었을 거다.

"영빈이한테 더 잘해 주지 못한 게 너무 후회가 돼. 찾아온다고 할 때 오라고 할걸. 아내 먼저 보내고 힘들었을 텐데 도움을 못 줬어."

엄마의 지난 시간에는 회한이 가득했고 가을은 엄마의 말을 묵묵히 들어 주었다. 아까 담임 선생님과 이야기하며 가을은 슬픔을 숨기는 것보다 마주하는 게 필요하다는 걸 깨달았다.

영빈과 관련된 이야기를 하면서 가을과 엄마는 울었다. 당장은 영빈을 떠올리면 눈물부터 나겠지만 언젠가 시간이 흐르면 웃으며 이야기할 날이 오겠지. 영빈은 슬픔이 아닌 기쁨의 존재였으니까. 지금 엄마에게는 영빈을 보낼 충분한 애도의 시간이 필요하다.

"근데 엄마, 부모가 된다는 건 어떤 거야?"

가을은 엄마의 마음이 궁금했다.

"자신보다 더 소중한 존재가 생기는 거야."

가을은 엄마의 말이 잘 이해되지 않았다. 가을은 자신이 사랑하는 사람들을 떠올려 봤다. 할머니와 엄마, 령, 휴, 유정, 그리고 신우. 그들을 몹시 사랑하고 지켜 주고 싶다. 그렇기에 그들이 살고 있는 세상이 무사했으면 좋겠다. 그들을 좋아한다. 정말 좋아한다. 너무나 좋아한다. 하지만 자신보다 더 소중하냐고 묻는다면 그렇다고 대답할 수는 없다.

"갑자기 비가 내려서 내가 비를 맞잖아. 그럼 운이 없다고 생각하고 기분이 조금 상하고 말아. 하지만 가을이 네가 우산이 없어서 비 맞고 오면 속상해 죽겠어. 감기라도 걸리면 어떡하나 걱정되고 왜 우산을 챙겨 주지 않았나 자책하지. 내가 아픈 것보다 네가 아픈 게 더 싫어. 내가 상처 입는 것보다 네가 상처 입는 게 더 아파. 너는 내게 그런 존재야."

"고마워, 엄마."

"다른 부모도 다 마찬가지란다."

엄마는 살며시 미소를 띤 얼굴로 말했다. 가을은 자신을 아껴 주는 엄마가 있어서 감사한 한편 신우를 그렇게 대해 주는 이들이 세상에 없다는 생각을 하니 마음이 아렸다.

"나도 고마워, 가을아. 네 엄마로 살아갈 수 있게 해 줘서."

"그럼 엄마, 이거 조금이라도 먹어. 응?"

가을이 접시를 들어 엄마 앞으로 가져다주었다. 가을이 계속 애교를 부리며 "먹어 줘, 제발."이라고 말하니 엄마는 포크를 들어 케이크를 먹었다.

가을은 엄마와 한참을 이야기하다가 엄마 방에서 나왔다. 그때 유정이 집 안으로 들어왔는데 유정 손에 가을이 사 온 똑같은 키리쉬 케이크 상자가 들려 있다.

"어? 그거 사 왔어?"

"아, 삼촌이 갖다주래. 이모 주라고."

엄마는 조금 전에 케이크를 먹었기에 더 먹지는 않을 거다. 그래도 엄마에게는 알려야 할 것 같았고 유정이 상자를 들고 엄마 방으로 갔다.

잠시 후 유정이 케이크 상자를 들고 주방으로 들어왔다. 케이크는 두 개가 되었다.

"우리 둘이 케이크 파티 하게 생겼네."

유정이 케이크 상자를 열며 말했다. 할머니는 아쿠아로빅 모임이 있어서 늦는다고 했다.

둘은 우유와 함께 케이크를 먹었다. 케이크는 적당히 달아 맛있었다. 선도 엄마를 위해 케이크를 샀다. 가을은 살짝 질투가 나면서도 고마운 마음이 들었다.

"참, 삼촌이 너한테 할 이야기가 있다고 연락 달라고 하던데."

"그래?"

가을은 작년에 실버제약 일을 해결하면서 선과 조금은 가까워지긴 했지만 그렇다고 어색하지 않은 건 아니다. 그래도 엄마를 위해서라면 선과 더 가까워질 수 있다. 엄마는 장례식 이후로 매일 집에만 있다. 엄마가 선을 만나러 외출하다 보면 좀 나아지지 않을까? 그 부탁을 할 겸 가을은 핸드폰을 꺼내 선에게 문자를 보냈다.

> 지금 통화 가능하세요?

가을은 처음으로 먼저 선에게 연락했다.

프러포즈

엄마가 가족회의를 요청했다. 세 모녀는 중요한 결정을 내리기 전에 모여 상의하는데, 주로 이사를 앞두고 어디로 갈 것인지가 많다. 한곳에서 오 년 이상 머무르지 않기에 가을네는 자주 이사를 다니는 편이다. 간혹 할머니가 돈 관련 사고를 일으키면 어떻게 지출을 줄일지 계획도 함께 세웠다.

"무슨 일이지? 나 요즘 아무 문제 안 일으켰는데. 이사도 아니고 돈도 아니면 도대체 뭐다냐?"

할머니의 물음에 가을은 모른다고 했다. 짐작 가는 게 있긴 하지만 이따가 엄마가 직접 이야기하는 게 좋을 것 같았다.

"그래도 하송이가 좀 나아지는 것 같아서 다행이다."

엄마는 외출도 하고 웹 소설도 다시 쓰고 있다. 엄마가 계속 집에만 있으면 안 될 것 같다며 선이 매일 찾아와 엄마와 함께 산책을 한다.

할머니는 거실에 보리차와 함께 쿠키와 양갱 같은 다과를 준비했다. 자고로 입에 달달한 게 들어가면 말도 달달하게 할 수 있다는 게 할머니의 지론이라 가족회의를 할 때는 이렇게 간식이 있다. 유정은 가을네 가족회의가 너무 재밌을 거 같다며 함께 살아 진짜 좋다고 했다. 선과 둘이 살 때는 하루에 몇 마디 하지 않은 적이 많았다고 했다. 조용한 선을 떠올리니 유정이 좀 심심했을 거 같긴 하다.

엄마가 방에서 나왔고 유정이 2층으로 올라가려고 하자 할머니가 유정을 불렀다.

"어디 가?"

"전 2층에 가 있을게요."

"같이 회의해야지. 넌 우리 가족 아니냐?"

"저도요?"

유정이 손가락으로 스스로를 가리키며 물었고 가을이 소파에서 일어나 유정을 데리고 왔다. 가을과 유정은 나란히 앉았다.

"그래. 무슨 일이냐?"

할머니가 엄마를 바라보며 물었고 엄마는 대답 대신 가족들을 한 번 죽 둘러봤다. 엄마의 표정이 조금 상기되어 있다.

"저기……."

엄마가 말을 꺼내는 걸 망설였고 할머니가 숨넘어가겠다며 얼른 말하라고 했다. 가을은 할머니에게 보리차를 건넸다. 할머니가 숨넘어가면 안 되니까.

"저, 선에게 프러포즈 받았어요."

유정이 "헉!" 하며 먹고 있던 쿠키를 부스러트렸고 할머니는 보리차가 목에 걸렸는지 캑캑거렸다. 놀라지 않은 건 가을뿐이다.

며칠 전 가을은 선과 만났다. 선은 엄마를 다시 만나고 난 후 엄마와 떨어져 있던 시간 동안 자신이 어떻게 살았는지 모르겠다며, 이제는 엄마와 함께하고 싶다고 했다. 엄마에게 프러포즈하기 전에 먼저 가을의 허락을 받아야 할 것 같다며 조심스레 가을에게 물었다. 가을은 자신이 결정할 문제가 아니라고 했지만, 선은 만약 가을이 반대한다면 지금처럼 엄마와 연애만 하며 지내겠다고 했다. 가을은 딱히 반대하지 않겠다고 대답했다. 선에게 솔직하게 말하지 않았지만 가을은 사실 찬성에 가깝다. 엄마는 자주 사랑에 빠졌지만 마음이 편하지 않을 때가 많았다. 아직 선과 재회한 지 얼마 안 되긴 했지만 선을 만날 때만큼 엄마가 편안해 보인 적이 없었다.

"난 무조건 찬성!"

유정이 손을 들어 말한 후 부연 설명까지 했다.

"난 삼촌이 이모를 얼마나 그리워했는지 알거든요."

할머니는 우선 쿠키를 하나 들어 천천히 씹더니 "나도 찬성." 하고 말했다.

"그래. 선이 우리 집 주인이기도 하고."

할머니는 집 때문에 선에게 빚진 마음을 계속 가지고 있었던 모양이다.

"엄마, 그런 이유 때문이면 싫어. 내가 심청이처럼 공양미에 팔려가는 것도 아니고. 고작 이 집에 날 넘기겠다는 거야?"

"아휴, 당연히 아니지. 선이 좋은 호랑이니까, 선만큼 너를 아껴 줄 존재가 또 없으니까 찬성하는 거지."

할머니가 엄마 입에 쿠키를 넣으며 오해하지 말라고 했다. 가을은 "나도 좋아." 하고 대답했다. 만장일치라니, 이번 가족회의는 너무 쉽게 끝날 것 같았다.

"다들 왜 이렇게 쉽게 찬성하는 거야?"

엄마는 만족하는 말투가 아니었다. 뭔가 불만이 있는 사람처럼 표정이 좋지 않았다. 가족들의 허락을 받기 위해 가족회의를 한 게 아닌 것 같았다.

"난 모르겠어. 선이 좋긴 하지만 결혼이 쉬운 문제는 아니니까."

엄마는 살짝 미간을 찌푸렸다. 엄마는 결혼하고 싶은 마음이 반, 결혼까지는 하고 싶지 않은 마음이 반인 것 같았다. 이제까지 엄마는 인간과 연애만 했을 뿐 결혼을 한 적은 없다.

"결혼에는 큰 책임이 따르지. 결혼은 단순히 사랑하겠다는 약속만이 아니니까. 어떤 어려움이 있어도 함께하겠다고 맹세하는 거야. 연애와 결혼은 하늘과 땅 차이만큼 커."

유일하게 혼례를 치러 본 적 있는 할머니가 짐짓 진지하게 말했다.

"엄마도 결혼 생활 얼마 하지도 않았으면서."

엄마가 할머니를 향해 입을 비죽이며 말했다. 할아버지가 일찍 돌아가셔서 할머니도 오래 결혼 생활을 한 건 아니었다.

한참을 더 이야기했지만 쉽게 결론이 나지 않았다. 결국 선택은 엄마의 몫이다. 아무리 가족들이 등 떠민다고 해도 엄마가 하기 싫으면 안 하는 거고, 하지 말라고 해도 하고 싶으면 하게 될 거다.

다과를 다 먹고 치킨까지 시켜 먹은 후에야 가족회의가 끝났다.

가을과 유정은 2층으로 올라왔다. 2층 거실 소파에 앉으며 유정이 말했다.

"이모랑 삼촌 결혼식하면 우리가 화동해야 하는 거 아냐? 아, 우선 호칭부터 바꿔야겠다. 삼촌 색시한테 이모라고 부를 수는 없으니까."

아직 엄마가 결정을 내리지 않았는데 유정은 김칫국부터 마시고 있었다.

"삼촌 결혼식 하면 현도 한국에 오겠지? 아, 현이 보고 싶다."

결국 유정의 이야기는 현으로 이어졌다. 유정은 '돌돌현'이다. 돌고 돌아 결국 현이란 뜻이다. 어쩜 이렇게 현에 대한 마음이 한결같은지 놀라울 뿐이다.

"갑자기 내 혼례 날이 떠오르네."

유정이 인상을 쓰며 말했고 가을은 깜짝 놀라 물었다.

"너 결혼한 적 있어?"

가을은 처음 듣는 이야기였다.

"나 호랑 되고 한 삼십 년 지났을 땐가? 갑자기 범녀 님이 나한테 인간이랑 혼례를 치르라는 거야."

"왜?"

"어떤 인간이 날 보고 첫눈에 반했다나 뭐라나. 그때 범녀 님이 명나라를 오가면서 비단 사업을 할 때였거든. 일을 계속하려면 그 집이랑 잘 지내야 한다는 거야. 호랑족에게 있어서 범녀 님 말은 법이나 다름없거든. 너도 알잖아. 호랑족이 범녀 님 말이라면 꼼짝도 못 하는 거. 나보고 혼인 치르고 이 년만 살면 된다고, 아니면 날 없애 버리겠다고 으름장을 놓는데 어떡하나?"

"그래서 혼례를 한 거야?"

"혼례 날은 점점 다가오지 신랑 얼굴을 살짝 보고 왔는데 추남도 그런 추남이 없지 진짜 돌아 버리겠는 거야."

"그 말은 뭐야? 신랑이 잘생겼으면 결혼했을 거라는 거야?"

"당연히 아니지. 나한텐 현이밖에 없다고."

유정이 딱 잡아뗐다.

"그래서 어떻게 됐어?"

가을은 얼른 이야기를 해 달라고 졸랐다. 사연 없는 야호랑이 없는 것처럼 유정의 지난 삶도 무척 흥미진진했다.

"아, 목마르네."

가을은 기다리라는 말을 남기고 1층으로 내려가 재빨리 물을 가져왔다.

"혼례 날 아침이 밝았어. 내가 이러려고 호랑이 된 건가, 차라리 그날 칼 맞고 죽어 버리는 게 낫지 않았나 생각하다가 잠도 한숨 못 잤지. 다 끝났구나 생각하는데 덜컥하고 문이 열렸어."

가을은 침을 꼴깍 삼켰다.

"현이었어. 현이가 내 손을 잡아끌고 도망치자는 거야. 현과 함께 조선을 떠나 일본으로 갔어."

"호랑족이 안 쫓아왔어?"

"다행히 잡히지 않았어. 현과 함께 십 년가량을 숨어 살다가 다시 조선으로 돌아왔지."

"범녀가 널 가만뒀어?"

"응. 알고 보니까 내가 도망치고 얼마 지나지 않아서 나랑 혼례하기로 한 집안이 역적으로 몰렸다는 거야. 혼인했으면 나까지 죽을 뻔했지 뭐야."

유정과 현 사이에 이런 일이 있었는지 몰랐다. 혼례복을 입은 채 사랑하는 남자의 손을 잡고 도망치는 신부라니. 현을 향한 유정의 해바라기 사랑이 아주 조금은 이해가 갔다.

그나저나 엄마는 어떤 결정을 내릴까? 아까 엄마 방에서 상자에 담긴 반지를 봤다. 어떤 모양일지 궁금해 모양만 살짝 보려고 열어 봤는데 순간 선이 엄마에게 프러포즈하는 장면이 보였다.

해 질 무렵의 루프탑 바에는 엄마와 선만 있다. 엄마가 좋아하는 음악이 흘러나오기 시작했고 선은 무릎을 꿇고 엄마에게 반지를 내밀었다.

"당신과 헤어졌던 오백 년 동안 시간이 아깝다는 생각을 한 적이 없어요. 나에게 시간은 무한하니까요. 하지만 당신과 함께하는 하루는 흐르는 게 너무 아쉬워요. 나에게 더 이상 같은 매일은 없어요. 앞으로 당신과 함께 살아가고 싶어요."

선의 말을 들은 엄마는 눈물을 흘렸다. 선이 엄마 손에 반지를 끼워 주고 엄마를 안아 주었다. 엄마와 선의 얼굴이 점점 가까워졌고……. 놀란 가을은 그다음 장면이 나오기 전에 얼른 반지에서 손을 뗐다.

아까 일을 떠올리던 가을이 으으, 하고 몸을 떨었고 유정이 왜 그러느냐고 물었다. 가을은 아무것도 아니라고 둘러댔다.

"저기, 너희 삼촌 혹시 결혼한 적 있어?"

"아니. 연애만 했지 결혼은 한 번도 안 했어. 우리가 인간과 결혼할 수는 없잖아."

엄마도 프러포즈를 받은 게 처음은 아니었다. 하지만 가족회의까지 가져오지도 않았다. 엄마가 곧바로 거절했으니까. 어쩌면 엄마는 같은 처지인 선이기에 프러포즈를 받아들일지도 모른다. 가을은 결혼을 할까 말까 고민할 수 있는 엄마가 부러웠다.

스터디카페에 다녀왔는데 거실에서 엄마와 유정이 나란히 앉아 잡지를 보고 있었다. 가을은 먼저 할머니 방으로 가서 노크를 한 후 다녀왔다는 인사를 했다. 할머니가 잠결에 "어어." 하고 대답했다. 얼마 전 아쿠아로빅을 새벽반으로 바꾼 후 할머니는 일찍 잠이 들었다.

"뭘 그렇게 열심히 봐?"

가을은 엄마와 유정이 있는 쪽으로 갔다.

"이게 뭐야?"

엄마는 프러포즈를 받아들일지 결정하지 못했다고 하면서 웨딩드레스가 나온 잡지를 보고 있었다.

"유정이가 가져와서 그냥 심심해서 보는 거야."

미용실에 들른 유정이 과월호라 처분한다는 잡지를 얻어 왔다고 했다.

"이모는 키가 크고 볼륨이 있으니까 이런 머메이드 스타일이 잘 어울릴 것 같아요."

유정이 인어라인 드레스를 가리키며 말했다.

"근데 이런 스타일은 좀 나이 들어 보이지 않을까? 이 벨라인이 좀 어려 보일 거 같지 않아? 가을아, 니 생각은 어때?"

누가 보면 당장 결혼식 날짜를 잡은 줄 알겠다. 유정 옆에 앉은 가을은 그래도 인어라인 스타일이 더 나을 것 같다고 거들었다.

"근데 선이 좀 어려 보여야지. 지난번엔 식당에 같이 갔는데 종업원이 나보고 이모냐고 하더라."

"어머, 그 식당 다신 가지 마요. 어디서 이모래?"

유정은 제가 당한 것처럼 씩씩대며 엄마 편을 들었다. 엄마는 자주 선의 누나냐는 이야기를 듣는다고 했다. 요즘 연상연하 커플이 많긴 하지만 엄마와 선은 신체 나이가 열 살 이상 차이가 났다.

"보톡스를 좀 맞아야 할까?"

가을은 풉, 하고 웃음을 터트렸다. 욕심에는 한도가 없다고 했던 가. 나이 들지 않는 야호가 더 어려 보이길 바란다니. 물론 야호나 호랑 중에 시술을 하는 이들도 있다는 이야길 듣긴 했다.

"선이 어리지 잘생겼지, 선을 좋아하는 여자들이 너무 많아. 그런 걸 생각하면 결혼을 해야 할 것도 같고."

엄마는 유정에게 선이 만났던 여자들에 대해 물었고 유정은 잘 모른다고 대답했다.

"모르긴 왜 몰라? 너랑 선이랑 같이한 세월이 얼만데. 선이 만났던 여자들, 다 젊고 예뻤어?"

"아니에요. 이모가 제일 예뻐요. 진짜예요."

아아, 유정은 거짓말을 못해도 너무 못했다. 발 연기를 하는 배우마냥 아주 어색하게 대답했는데, 엄마는 자기가 믿고 싶은 대로 믿고 싶은지 "그래?" 하고 웃었다. 아니, 엄마까지 왜 저러는 거야?

가을은 엄마가 마음을 회복하고 있는 것 같아 마음이 놓였다. 아무래도 엄마는 선의 프러포즈를 받아들일 것 같았다.

셋이 나란히 앉아 웨딩 잡지를 보고 있는데 엄마의 핸드폰 벨이 울렸다.

"어머, 선이네?"

엄마는 수줍은 표정을 지은 후 핸드폰을 들고 방으로 들어갔다.

"이모, 행복해 보인다."

"그러게. 정말 다행이야."

가을과 유정은 잡지를 한 장씩 넘기며 마음에 드는 스타일에 대해 이야기를 했다.

잠시 후 통화를 끝내고 방에서 나온 엄마의 얼굴빛이 좋지 않았다.

"엄마, 왜 그래? 무슨 일 있어?"

"선의 어머니가 사고를 당하셨대."

선의 어머니라면 바로 범녀다.

"의식 없이 집 안에 쓰러져 있는 걸 자인이 발견해서 바로 병원으로 옮겼대."

"근데 왜 사고라는 거야?"

"공격받은 흔적이 있대."

가을이 뭔가 더 물어보려고 하는데 이번엔 가을의 핸드폰이 울렸다. 전화를 건 상대는 바로 호랑족 자인이었다.

사고

체육 시간, 몸이 좋지 않은 가을은 선생님의 허락을 받은 후 교실에 남았다. 오늘 옆 반과 축구 경기를 한다. 가을도 꼭 참가하고 싶었지만 지금 컨디션으로는 나가지 않느니만 못할 거다. 운동을 잘하는 휴와 유정이 있으니 질 걱정은 없다.

어제저녁 범녀의 사고 소식을 들은 후 잠을 설쳤다. 누군가 범녀를 공격했는데 집 안 시시 티브이가 지워져 있어 범인을 알아내지 못했다. 범녀가 자신을 공격한 이를 봤을 테지만 아직 범녀는 깨어나지 못한 상태다.

자인은 범녀 사고를 가을의 탓으로 몰아갔다. 가을이 범녀의 둔갑 능력을 정지시켰기 때문에 범녀가 공격을 막지 못한 거라며 원망했다. 범녀가 다친 건 안타깝지만 가을의 탓으로 몰아 가다니 억울했다. 둔갑만 못하게 막았을 뿐이지 다른 능력까지 봉인한 건 아니기 때문이다.

루비도 연락을 해 왔다. 루비는 조심스레 범녀의 자작극 같다는 의견을 내놓았다. 지난번 실버제약 사건으로 범녀는 둔갑을 못 하는 벌을 받았고, 그걸 풀기 위해 스스로 일을 벌였을 가능성이 크니 좀 더 지켜보자고 했다. 다친 범녀를 두고 그런 의심을 하는 게 미안하긴 했지만 범녀라면 충분히 그러고도 남았다. 유정도 충분히 가능성이 있다며 범녀를 백 퍼센트 믿지 말라고 가을에게 주의를 주었다.

가을은 꺼림칙했다. 범녀는 진짜 공격을 받은 게 맞을까? 만약 그렇다면 도대체 누가 범녀를 공격한 거지?

가을이 생각에 잠겨 있는데 교실 앞문이 드르르 열리며 휴가 들어왔다.

"가을아, 괜찮아? 조퇴해야 하는 거 아니야?"

"그 정도는 아니야."

휴는 가을이 걱정되어 경기 도중 왔다고 말했다. 휴가 가을 앞에 있는 의자를 반대로 돌려 거기에 앉았다.

"학교 다니느라 피곤해서 그런 거 아니야? 학교 다닐 만큼 다녔잖아. 이제 우리 그만 다니자."

"싫어. 계속 다닐 거야."

"설마 졸업까지 하려고?"

"또 모르지."

"고등학교 졸업하지 않아도 네 지식으로 충분히 둔갑해서 박물관이나 미술관에서 일할 수 있어."

학교를 그만 다니라고 하면 할수록 가을은 더 다니고 싶었다. 휴가 자꾸 가을의 청개구리 기질 버튼을 눌렀다. 가을은 휴에게 한 번만 더 이야기하면 화낼 거라고 으름장을 놓았다.

"다니기 싫으면 너 혼자 그만둬."

"아, 정말 그럴까?"

웬일인지 휴가 순순히 수긍을 했다. 가을이 학교에 다니는 한 무조건 같이 다니겠다고 할 줄 알았는데 이제 마음이 조금 바뀐 걸까.

휴는 가을 책상 위에 있는 다이어리를 손으로 만졌다. 신우가 입학 선물로 줬는데 매일 가지고 다닌다.

"너, 신우가 그렇게 좋아?"

가을은 대답 대신 고개를 끄덕였다.

"그럼 나는?"

휴가 가을 가까이 얼굴을 들이밀며 물었다.

"그 이야긴 안 하기로 했잖아!"

가을은 얼른 경기를 하러 가라고 휴의 등을 밀었다. 휴가 알았다며 마지못해 교실을 나갔다.

가을이 책상에 엎드려 있는데 수업 종료를 알리는 종이 울렸다. 복도를 오가는 아이들의 발걸음 소리가 들렸다. 체육 수업을 마친 가을네 반 아이들도 교실로 돌아왔다.

"진짜 너 없었으면 어쩔 뻔했냐."

"사랑한다, 휴!"

휴 주변으로 반 아이들이 몰려 있다. 다들 휴를 치켜세우느라 정신이 없었다. 유정이 다가와 우리 반이 지고 있었는데 휴가 골을 넣어 2 대 1로 역전했다고 알려 줬다.

"내가 바로 오늘의 영웅이지! 매점 가자! 영웅이 음료수 쏜다!"

휴는 자신을 둘러싼 아이들과 함께 교실에서 나갔다. 교실 안은 금세 조용해졌다. 신우는 따라가지 않았다.

"휴랑 유정이 대단하긴 대단해. 경기 내내 엄청 잘 뛰더라."

신우의 말에 가을은 고개를 갸웃거렸다. 휴가 경기 내내 뛰었다고?

"어? 혹시 휴 잠깐 쉬지 않았어?"

"아냐. 계속 뛰었는데?"

가만, 아까 휴는 체육복이 아닌 교복을 입고 있었다. 교복을 갈아입을 틈이 없었을 텐데. 가을은 벌떡 일어나 휴가 간 매점으로 달려갔다.

가을은 음료수를 마시고 있는 휴에게 다가가 팔을 낚아챘다.

"왜 그래?"

"잠깐만 따라와 봐."

가을은 아무도 없는 본관 옆 주차장 쪽으로 휴를 끌고 갔다.

"너, 체육 시간에 교실 안 왔어?"

"그게 무슨 소리야?"

가을은 아까 있었던 일을 이야기했다.

"난 계속 축구 경기하고 있었어."

누군가 휴로 둔갑을 했다. 아까 가을이 대화한 상대는 휴가 아니었다. 둔갑을 할 수 있는 건 야호 아니면 호랑이다. 야호가 이런 장난을 쳤을 리는 없는데. 하지만 호랑이라고 단정 지을 수도 없는 노릇이다.

"도대체 누구지? 누가 나라고 장난을 친 거야?"

휴가 화를 냈고 가을은 자기도 모르게 한 발 뒤로 물러섰다. 지금 가을 앞에 있는 건 진짜 휴가 맞을까?

"왜 그래, 가을아?"

휴가 걱정스러운 듯 물었고 가을은 길게 숨을 내쉬었다. 가을만큼은 진짜 휴를 알아봐야 한다. 아까 교실에서 만난 휴는 어딘가 조금 다르긴 했다. 휴에게 다가가 휴의 팔을 만졌다. 가을과 휴가 함께했던 다정한 시간들이 지나갔다. 진짜 휴가 맞았다.

가을은 선에게 학교에서 있었던 일을 상의했다. 가을이 할머니와 엄마에게 학교에서 있었던 일을 털어놓았고 엄마는 선에게 알리는 게 좋겠다고 했다. 범녀의 사고 소식을 들었을 땐 단순히 범녀에게 원한이 있는 자의 범행 가능성만 생각했는데, 가을 앞에 둔갑을 하고 나타난 이도 범녀의 사고와 연관 있을지 모른다.

가을은 당분간 스터디카페에 가지 않기로 했다. 신우도 가을과 함께 스터디카페를 쉬었다. 스터디카페에서 집에 올 때 밤길을 홀로 걸어야 하기 때문이다. 여러 명이 공격하더라도 가을은 충분히 방어할 수 있지만 괜한 위험을 무릅쓸 필요는 없다. 등하교는 반드시 유정과 함께했고 가을은 주변 사람들과 서로를 확인하는 암호를 정하기로 했다. 가을은 몸을 만지면 그 사람의 기억이 떠오르기에 둔갑 여부를 알 수 있지만 다른 이들은 그런 능력이 없다. 누가 가을로 둔갑해서 문제를 일으키면 곤란하기에 가을은 양 손바닥으로 제 볼을 만지며 말을 시작하기로 했다.

"귀엽다, 가을아. 너 표정 그렇게 지으니까 더 귀여워."

가을은 심각한데 신우는 가을의 제스처를 보고 계속 웃기만 했다.

"신우야, 그만 좀 웃어. 나 지금 진지해. 지난번처럼 누가 나로 둔갑해서 너 위험해지면 어떡해?"

가을은 자기 때문에 신우가 또 다시 위험해지는 게 가장 두려웠다. 물론 지난번 구슬 전쟁 때 가을로 둔갑해서 신우를 데려간 건 다름 아닌 수수였지만, 이번엔 또 누가 그런 일을 벌일지 모른다. 범녀를 공격한 이와 휴로 둔갑한 이가 같을까? 도대체 누가 그런 일을 벌이는 거지? 원하는 게 뭘까? 걱정이 꼬리에 꼬리를 물고 늘어졌다.

"미안해, 신우야. 나 때문에 너까지 불편해졌잖아."

"대단한 여친을 사귀려면 그 정도는 감수해야지. 내 걱정은 하지 마, 가을아."

고등학생이 된 신우가 조금 능글맞아졌다고 해야 할까? 중학교 때와 많이 달라졌다. 이제 어둡기만 한 신우는 더 이상 없다.

"신우야. 너도 항상 조심해야 해. 나 꼭 알아봐야 하고."

"너라는 암호, 한 번만 다시 보여 줘."

가을이 아까처럼 양 손바닥으로 볼을 만졌고 신우가 다시 한번 미소를 지었다.

"근데 너도 나 알아봐야 하잖아. 우리 서로 알아볼 수 있는 암호도 만들자."

"아, 나는⋯⋯."

가을의 사이코메트리 능력을 신우는 아직 모른다. 신우가 불편해할까 봐 말하지 않은 것도 있지만, 평범하지 않은 여자 친구가 더 특이해졌다는 걸 알리고 싶지 않았다. 그래서 가을은 어떤 암호가 좋겠느냐고 물었다.

"음, 이건 어때?"

신우는 가을의 손을 잡더니, 서로 검지만 세운 후 검지 끝으로 세 번 톡톡톡 치자고 했다.

"이건 너랑 나만의 암호야. 알았지?"

가을이 좋다며 고개를 끄덕였고 다시 한번 신우와 검지 끝을 맞닿게 한 후 톡톡톡 쳤다.

학교에서 휴는 잔뜩 신경을 곤두세웠다. 지난번 자기로 변신한 자를 찾아내겠다며 눈에 불을 켜고 다니는 중이다. 원래 수업 시간에 자주 졸았는데 긴장을 늦추면 안 된다고 수업까지 열심히 들었다. 유정은 동지를 잃었다며 아쉬워하면서 혼자 계속 졸았다.

쉬는 시간, 교탁 앞에 선 반장이 반 아이들에게 나눠 줄 유인물을 정리하고 있었다. 가을 옆으로 다가온 휴가 반장을 노려보며 말했다.

"반장 좀 이상하지 않아? 아까 왜 너한테 화냈어?"

"내가 조 모임 과제 늦게 내는 바람에 수행 점수 깎였거든. 그래서 그런 거야."

가을은 애먼 사람 의심하지 말라며 휴에게 눈의 힘이나 좀 풀라고 말했다. 휴로 둔갑한 이가 아직 학교에 있으리라는 보장은 없다. 그 날 한 번만 왔을 수도 있는 일이다.

"아무래도 수상해. 확인해 봐야겠어."

반장이 유인물을 들고 아이들 쪽으로 걸어오자 휴가 다가가 슬쩍 다리를 내밀었다. 휴의 다리에 걸린 반장이 속절없이 앞으로 고꾸라졌다. 반장은 유인물을 들고 있는 바람에 중심을 잡지 못했고 휴가 반장을 안아 넘어지지 않게 했다.

"고마워, 휴."

반장 눈에서 하트가 나오는 게 보였고 가을은 고개를 절레절레 저었다. 신체 능력이 뛰어난 야호랑이 아니더라도 운동 신경이 좋은 사람이라면 충분히 균형을 잡을 수 있을 텐데 저런 방식으로 야호랑을 찾으려고 하다니. 이따금 휴는 조금 바보 같다.

휴는 범인 찾기를 포기하지 않았고 계속해서 학교 아이들을 시험했다. 심지어 유정까지 휴의 이론이 그럴듯하다면서 동조했다.

"난 담임 샘도 좀 이상한 거 같아. 가을이한테 특히 잘해 주잖아."

둘은 1학년 10반 사람들이 가을에게 화를 내면 화를 낸다고 의심했고, 잘해 주면 또 잘해 준다고 의심했다. 가을이 적당히 좀 하라고 했지만 휴와 유정은 멈추지 않았다.

종례가 끝난 후 유정과 휴가 담임 선생님을 따라 나갔다. 가을은 둘이 또 무슨 일을 벌일 것 같아 뒤따라갔다.

유정과 휴는 담임 선생님 양 옆에 서서 무언가를 물어보며 나란히 계단 쪽으로 걸어갔다. 휴가 멈춰 서더니 운동화 끈을 묶었고 유정과 선생님만 계단을 내려갔다. 그때 갑자기 휴가 뛰어가 유정을 밀었는데, 유정이 선생님 쪽으로 기울어지며 선생님을 밀었다. 그 바람에 중심을 잃은 선생님이 계단 아래로 휘청거렸고 유정과 휴는 가만히 보고만 있었다. 쟤네가 지금 무슨 일을 벌이고 있는 거야? 하는 수 없이 가을이 순식간에 달려가 선생님을 붙잡았다. 누가 가을을 보았다면 정체를 의심했을 것 같다. 이러다 휴로 둔갑한 야호랑이 아니라 가을의 정체가 탄로 날 판이다.

"어머, 죄송해요, 선생님."

유정이 어색하게 사과했고 담임 선생님은 괜찮다고 대답했다.

"가을이 아니었으면 큰일 날 뻔했네. 고마워, 가을아."

가을은 어색하게 웃으며 유정과 휴를 째려봤다.

담임 선생님이 교무실로 들어가는 것을 본 후 가을은 유정과 휴를 데리고 학교를 빠져나왔다.

"너희 정말 왜 그래? 학교 사람들 다 위험하게 만들 거야?"

가을은 둘에게 화를 냈고 유정은 기어 들어가는 목소리로 이렇게 해서라도 휴로 둔갑한 야호랑을 찾으려고 한 거라며 변명을 늘어놨다. 가을도 유정과 휴가 어떤 마음으로 이러고 다니는지 안다. 하지만 조금도 도움이 되지 않았다. 가을도 처음에는 학교 사람들 물건을 죄다 만지고 다니면서 휴로 둔갑한 야호랑을 찾으려고 했지만 모든 사람들을 의심하는 것만큼 불행한 일이 없다는 걸 깨닫고 그만두었다.

"내가 필요하면 다시 내 앞에 나타나겠지."

가을은 앞으로 다시는 그러지 말라며 둘에게 당부했다.

"근데 휴."

"응?"

아까 담임 선생님의 팔을 잡았을 때 아주 잠깐 휴가 웃고 있는 게 보였다. 선생님과 휴는 무슨 관계가 있는 걸까?

휴에게 혹시 담임 선생님과 무슨 일이 있었느냐고 물으려는데 자인에게 전화가 걸려 왔다. 범녀가 깨어났고, 가을을 만나고 싶어 한다고 했다. 가을은 지금 병원으로 가겠다고 대답했다.

"같이 가."

"나도."

가을 옆에 유정과 휴가 착 달라붙었고 가을은 지금만큼은 둘이 든
든했다.

병원 1층 로비에서 선이 기다리고 있었다. 유정과 휴는 범녀를 굳
이 만나고 싶지는 않다며 로비에서 기다리겠다고 했다. 가을은 둘의
마음을 충분히 이해하기에 같이 가자고 하지 않았다. 가을도 범녀를
만나는 게 편치는 않았다.

"깨어나셔서 다행이에요."

병실로 올라가면서 가을이 선에게 말했다. 이건 진심이다. 그래도
선에게는 범녀가 어머니이니까. 범녀의 악행을 들을 때마다 선이 불
쌍하게 느껴졌다. 부모를 선택하는 건 세상 그 누구도 할 수 없는 일
이다.

"어머니 보기 불편할 텐데 기꺼이 와 줘서 고마워."

"제가 해야 할 일인 걸요."

오늘 가을은 야호랑의 원호로서 범녀를 찾아왔다. 범녀의 일탈이
밉긴 해도 어찌됐든 범녀도 가을이 품어야 할 호랑족의 일원이다.

병실 문을 열고 들어갔다. 범녀는 침대 헤드에 등을 대고 앉아 있
었고 그 옆에 자인도 보였다. 가을은 둘에게 고개를 숙여 인사했다.

"몸은 괜찮으세요?"

"응. 앞으로 오천 년은 끄떡없을 거야."

옆에 있던 자인이 오천 년이 뭐냐며 만 년은 더 사셔야 하지 않겠

냐고 거들었다. 정말로 범녀는 지구가 멸망해도 혼자 살아남을 것 같긴 하다.

"너를 부른 이유가 있단다. 나를 공격한 이 때문이야."

"그게 누군데요?"

가을이 조심스럽게 물었다. 굳이 가을을 부른 건 가을이 아는 자의 범행이기 때문일까?

"도호. 도호가 돌아왔단다."

가을은 곧바로 도호가 누군지 떠오르지 않았다. 한참 기억을 되짚어서야 그 이름의 주인을 알아차렸다. 야호의 구슬을 훔쳐 호랑족을 만든 최초의 호랑이자 범녀 이전의 호랑족 우두머리였다.

밝혀지는 진실들

병실에서 나온 가을은 휴와 유정에게 도호 이야기를 꺼냈다.

"도호가 범녀 님을 공격한 거라고?"

유정은 믿을 수 없다며 방방 뛰었다. 가을도 범녀의 말이 온전히 믿기지는 않았다. 하지만 범녀는 자기를 공격한 이가 도호라고 했다. 인선이 희생당한 후 도호가 사라졌고, 그 이후로 누구도 도호를 보지 못했다. 현은 범녀가 도호를 제거했을 거라고 굳게 믿었다.

도호가 사라진 시간이 너무 길었기에 누구도 도호가 살아 있을 거란 생각은 하지 않았다. 도호는 그 시간 동안 어떤 마음으로 지냈을까. 가을은 현에게 들었던 인선의 이야기를 기억하고 있기에 그 마음이 감히 상상조차 되지 않았다.

"도호는 어떤 사람일까?"

유정도 도호에 관한 건 선과 현을 통해 들었을 뿐 잘 모른다고 했다. 아까 선에게 도호에 대해 물어보고 싶었지만 선이 충격을 받은 것 같아 묻지 못했다.

"잘생겼다는 이야길 듣긴 했어. 본호랑들이 다 인물은 좋잖아."

"그럼 본야호는? 본야호도 다 잘생기고 예쁘거든."

가을과 유정은 서로 자기 종족 편을 들었다.

"유정아, 현이한테 도호에 대해 좀 물어봐 줄 수 있어? 현이는 도호를 만난 적이 있잖아."

가을의 말에 유정이 좀 머뭇거렸다. 원래 이곳에서 일어나는 일들을 시키지 않아도 현한테 전하는 게 유정의 역할이었다. 선이 엄마에게 프러포즈를 한 것도, 범녀가 공격을 받은 것도 유정은 곧바로 머나먼 땅에 있는 현에게 알렸다.

"현이한테 도호 얘기는 하기 싫어."

"왜?"

"인선 누이 생각날 테니까. 그럼 은세연도 떠오를 거 아니야. 기껏 잊겠다고 떠났는데 그러고 싶지 않아."

가을은 입을 벌린 채 유정의 말을 들었다. 현에 대한 유정의 사랑은 거룩할 정도다.

"아, 우리 현이 지금 뭐 하고 있을까?"

유정은 현이 보고 싶다며 또 현 이야기를 했다. 가을은 그만 좀 하라며 유정의 입을 손으로 틀어막았다. 그러니까 유정이 더 현 이야기를 했다.

가을과 유정이 티격태격하는데 휴가 조용했다. 휴의 표정이 꽤 심각했다.

"휴, 왜 그래?"

"정말로 범녀가 그렇게 말했어? 도호가 나타났다고? 그 녀석이 살아 있다는 거야?"

휴는 도호를 잘 아는 것처럼 말했다.

"너, 도호를 알아?"

"한때 친구였어."

휴는 도호가 야호의 구슬을 훔치기 전에 친했던 사이라고 알려 줬다.

"그럼 너로 둔갑한 것도 도호라는 거야?"

유정이 묻자 휴는 지금 상황에서는 그럴 확률이 높아 보인다고 말했다.

한참 도호에 대해 이야기하고 있는데 자인에게 연락이 왔다. 가을은 인상을 쓰며 전화를 받았다.

"야호랑 긴급회의를 요청합니다."

"네."

가을은 간단하게 대답하고 전화를 끊었다. 골치 아픈 일이 또 생겨 버렸다.

집으로 돌아왔는데 할머니가 유정에게 편지가 왔다고 알려 줬다. 편지 보낼 사람은 현밖에 없다. 유정이 열 통쯤 보내면 현이 한 번쯤

답장을 보내 왔다.

"네 책상 위에 뒀어."

유정이 신이 나서 2층으로 올라갔다.

가을이 소파에 앉아 쉬는데 유정이 1층으로 내려왔다. 유정이 울었다.

"왜 그래?"

놀란 가을이 유정에게 갔다.

"현이가 아프대."

유정이 손에 든 편지를 가을이 가져와 읽었다. 현은 입맛이 없어 밥을 먹지 못하고 잠도 통 못 자고 있다고 했다. 가을이 괜찮을 거라고 했지만 유정은 당장 현이가 있는 곳에 가겠다며 여행 가방을 찾았다.

한꺼번에 여기저기서 야호랑의 목소리가 터져 나왔다. 다들 자기가 하고 싶은 이야기만 했다. 가을은 정신이 아득해질 정도였다. 난장판도 이런 난장판이 없었다. 주로 이야기를 하는 건 호랑족이었는데 '도호'라는 말에 부들부들 떠는 호랑족도 보였다.

"야호랑님들."

가을이 소리쳤지만 전혀 듣지 않았다. 가을이 단전에서 힘을 끌어모아 다시 한번 크게 부른 후에야 조용해졌다.

"이 문제를 어떻게 할 겁니까?"

호랑족 원로가 가을에게 따지듯 물었다. 가을은 나름 근엄한 척하며 되물었다.

"'문제가 있다'의 반대말이 무엇인 줄 아십니까?"

"당연히 문제가 없다죠."

호랑이 대꾸했고 가을은 한 박자 쉰 후 고개를 저었다.

"문제가 해결됐다예요. 우리가 누굽니까? 야호랑입니다. 충분히 문제를 해결할 수 있어요. 우리는 지금 문제를 해결하기 위해서 여기 모인 겁니다."

가을은 고개를 꼿꼿이 세운 채 그 말을 했다. 수수가 이 말을 했을 때 엄청 멋있어 보여서 써 먹으려고 적어 두었던 건데, 그런 뻔한 말은 누구나 할 수 있는 거 아니냐며 반응이 별로였다. 하여튼 야호랑 회의는 계획대로 흘러간 적이 없다. 가을이 중심을 잡지 못하면 회의를 제대로 할 수가 없다. 가을은 다시 한번 목소리를 다듬고 말을 이었다.

"오늘 우리가 이렇게 모인 건 미리 공지했듯 범녀 님이 공격을 당한 일 때문입니다."

한 야호가 정말로 도호의 짓이냐고 물었고 가을은 아직 확실한 건 아니라고 대답했다. 도호의 등장이 불편한 건 호랑족만이 아니다. 도호가 본야호에게 구슬을 빼앗아 호랑이 되었기에 야호들은 도호를 적으로 여겼다.

"몇몇 분이 범녀 님의 둔갑 능력 복권을 건의하셨습니다. 하지만 야호랑의 규칙에 따라 예외를 둘 수는 없습니다. 대신 범녀 님을 특별 경호할 예정입니다."

가을은 단호하게 말했다. 오늘 가을은 야호랑의 의견을 듣기 위해 회의를 소집한 게 아니다. 혼란스러워하는 야호랑에게 '대책'이라는 대안을 주어 안정을 도모하기 위해서다. 작년처럼 이 말 저 말 다 듣고, 이게 좋을까 저게 좋을까 하다가는 결론이 나지 않는다. 사공이 많으면 배가 산으로 간다. 오늘 회의의 선장은 가을뿐이어야 한다.

도호 대신 범녀를 호랑의 우두머리로 추대했던 호랑들은 범녀처럼 경호를 해 달라며 만만통에 부탁했다. 그들은 도호의 공격을 받을까 봐 걱정이 이만저만이 아니었다. 호랑족은 '범녀 지지파'와 '도호 지지파'로 갈린다. 도호를 따랐던 호랑족은 범녀가 호랑족의 우두머리가 된 이후 기를 펴지 못했다. 그들은 은근히 도호가 살아 있기를 바라는 눈치였다.

"도호가 세력을 모으기 위해 여러분들에게 접근할 수 있습니다. 혹시 도호를 만나게 되면 반드시 만만통에 알려 주세요."

가을은 도호와 관련하여 몇 가지 주의 사항을 안내했다.

"너무 걱정하지 마세요. 도호는 한 명이지만 우리는 여럿이 모여 있습니다. 그리고 여러분들은 본야호랑들이시잖아요. 야호랑의 기세를 보여 주세요."

오늘 가을이 가장 말하고 싶은 핵심은 이거다. 아무리 도호가 무서운 존재라고 하지만 야호와 호랑이 함께하는 이상 지지 않는다. 가을은 도호뿐만 아니라 누구로부터든 야호랑을 반드시 지켜 낼 거다.

회의가 끝난 후 가을은 선과 함께 차를 탔다.

"유정이는 잘 도착했다지?"

"네."

현의 편지를 받은 다음 날 곧바로 유정은 체험학습을 신청하고 현이 있는 곳으로 떠났다. 현은 은세연 일이 있은 후 괜찮다고 했지만 결국 마음에 병이 온 것 같았다.

"정말 도호가 돌아온 게 맞을까요?"

"어머니가 봤다고 하니까, 일단은……."

"걱정 안 되세요? 도호가 범녀 님을 다시 공격할 수도 있잖아요."

범녀 편을 든 호랑들은 도호가 나타났다는 말에 다들 긴장 태세다. 당분간 한국을 떠나 최대한 멀리 가야 하는 게 아니냐는 말까지 주고받았다.

"이상하지 뭐야. 도호가 죽지 않고 살아 있다니까 한편으론 안심이 돼. 야호들은 도호를 미워했지만 도호가 그렇게 나쁜 녀석만은 아니었거든. 인선이가 희생되지만 않았어도 도호가 떠날 일은 없었을 거야. 도호는 우리 종족을 지키기 위해 최선을 다했으니까."

선이 도호를 마지막으로 만난 게 천 년도 훨씬 전의 일이다. 그 긴 시간 동안 도호가 나타나지 않은 게 이상하다며, 선은 범녀가 제대로 본 게 맞을지 모르겠다는 말을 했다.

"정말 도호가 맞을까? 나는 어머니가 잘못 보신 게 아닐까도 싶어."

루비는 계속 범녀가 자작극을 벌인 게 아니냐며 의심하고 있다. 범녀가 그렇게까지 할까 싶으면서도 범녀라면 그럴 수 있을 듯하다. 아무래도 가을이 확인하고 넘어가야 할 것 같다.

"혹시 범녀 님 사고가 일어난 곳에 가 볼 수 있을까요?"

"왜?"

"도호의 흔적을 찾아보려고요."

가을은 최초 구슬로 사이코메트리를 할 수 있다고 고백했다. 선은 범녀의 집에 가는 건 어렵지 않다며 지금 당장 가 보자고 했다.

범녀의 집은 생각보다 더 으리으리했다. 수수 집을 보고도 할머니가 놀랐는데 여길 보면 얼마나 더 놀랄까. 할머니는 범녀 같은 부자 할머니가 아니라 미안하다고 했지만, 가을은 이런 집을 가진 범녀보다 할머니가 훨씬 더 좋다.

집 안으로 들어간 가을은 찬찬히 물건들을 하나씩 만졌다. 여기 어딘가 도호가 남긴 것을 찾아야 한다.

범녀가 쓰러져 있던 유리창을 만졌다. 유리창 앞에 선 범녀가 알약을 먹는 게 보였다. 눈을 감은 가을은 더 집중해서 당시 장면을 들여다보았다.

어? 범녀가 집 안 물건을 마구 흩트렸다. 그다음 유리창 쪽으로 다가가 스스로 제 몸을 유리창에 던졌다. 마치 누군가 자기를 공격한 것처럼 말이다. 집에는 범녀 외에는 아무도 없어 보였다. 곧바로 범녀가 잠이 들었고 잠시 후 자인이 집 안으로 들어오는 게 보였다.

아아. 루비가 말한 게 맞았다.

"무얼 봤니?"

가을은 고민이 되었다. 이걸 솔직하게 말해야 하나 말아야 하나. 하지만 숨길 수는 없는 일이었다.

가을은 선에게 자신이 본 것을 그대로 말했다. 가을의 말을 다 듣고 난 선이 한숨을 내쉬었다.

"어머니가…… 또 그러셨구나."

선의 표정이 일그러졌다. 선은 올라오는 화를 간신히 참는 듯 보였다.

"루비와 자인에게는 제가 알릴게요."

선은 가을을 집까지 데려다줬다. 집으로 오는 동안 선도 가을도 아무 말도 하지 않았다. 때때로 선은 참 불쌍하다.

가을은 학교에 휴가 오기만을 기다렸다. 어제 범녀의 거짓말을 알려 주기 위해 전화를 걸었지만 휴가 받지 않았다. 밤늦게 전화가 왔다. 당연히 휴인 줄 알았는데 현이었다. 유정에게 사건의 전말을 전해 들은 현은 친히 가을에게 먼저 연락한 것이다. 유정은 현에게 도호 이야기를 전하지 않을 것처럼 굴더니 역시 둘 사이엔 비밀이 없었다. 현은 범녀에게 또 속은 거냐며 깔깔대며 비웃었고, 덕분에 현에 대한 미안한 마음이 삼 퍼센트 정도 줄었다.

휴가 교실에 들어오자마자 가을은 휴를 데리고 나갔다. 지난번처

럼 다른 이가 휴로 둔갑했을까 봐 먼저 휴를 만진 후 이야기를 시작
했다.

가을은 휴에게 범녀 집에서 있었던 일을 들려주며 도호가 나타난
게 아니라고 알려 줬다. 범녀는 거짓말을 하여 야호랑을 혼란스럽게
한 죄로 가중 처벌을 피할 수 없게 되었다. 범녀에게 내릴 벌은 원로
들이 정하기로 했다.

"정말? 도호가 그런 게 아니야?"

"응. 범녀가 혼자 꾸민 일이더라고."

휴는 말로는 다행이라고 했지만 표정은 그렇지 않았다. 왜 실망하
는 것처럼 느껴지는 거지? 야호들은 도호를 좋아하지 않는 걸로 알
았는데 아니었나?

어쨌든 가을도 도호가 나타난 게 아니라 걱정이 반은 줄었다. 하
지만 휴로 둔갑한 이에 대한 수수께끼는 풀리지 않았다.

"너로 둔갑한 게 도호가 아니면 누굴까? 혹시 짐작 가는 이가 있
어?"

휴는 무언가 생각하는 듯했다.

"휴, 내가 모르는 게 또 있는 거야?"

"아직은 확실하지 않아. 조금 더 확실해지면 그땐 꼭 말해 줄게."

수업 시작을 알리는 종이 울렸고 가을과 휴는 교실로 돌아왔다.

1교시 수업 준비를 하는데 휴가 보이지 않았다. 아까 분명히 같이
교실로 들어왔는데 그사이 어딜 간 거지?

국어 선생님이 들어왔지만 휴는 들어오지 않았다. 선생님은 휴를 결과 처리해 버렸다.

가을은 휴가 걱정되었다. 국어 선생님이 칠판에 적고 있는 사이에 몰래 핸드폰을 꺼내 휴에게 문자를 보냈다.

> 너 어디야?

나 오늘 조퇴하려고

> 1교시부터 안 들어오면 결석이지

그럼 결석하지 뭐

국어 선생님이 판서를 끝냈고 가을은 얼른 핸드폰을 가방에 넣었다. 도대체 휴는 어디를 간 거지?

"자, 오늘이 17일이니까 17번이 시 읽어 보자."

17번은 바로 가을이었다. 가을은 휴에게 연락을 하느라 어느 부분을 배우고 있는지 놓쳐 버렸다.

"이가을, 집중해야지. 눈을 동그랗게 뜨고 있기에 집중하는 줄 알았는데 깜박 속았네. 45쪽이야."

가을은 45쪽을 펼쳐 시를 읽기 시작했는데 얼굴이 화끈거렸다. 신우가 뭐라고 생각할까? 신우한테 형편없는 모습은 보이고 싶지 않았는데. 이래서 아이들이 같은 반에서 연애는 하지 말라고 했나 보다. 가을은 홍당무처럼 붉어진 얼굴을 한 채 계속 시를 읽었다.

수업이 모두 끝난 후 교문을 나오고 있는데 길 건너편에 휴가 보였다. 아침에 사라져서는 왜 다시 학교에 온 거지? 아무래도 가을을 만나려고 온 것 같았다. 그러면 학교 앞에서 기다리지 왜 건너편에 있는 건지 모르겠다.

휴를 부르려고 했지만 이십 미터 이상 떨어져 있어 대신 전화를 걸었다. 휴는 전화가 온 것을 확인할 뿐 받지 않았다. 갑자기 휴가 정류장 뒤로 몸을 숨겼다.

휴의 시선 끝에는 담임 선생님이 있었고, 선생님이 움직이는 대로 휴가 따라갔다.

"신우야, 나 어디 좀 가 봐야 할 거 같아. 이따 연락할게."

가을은 신우와 헤어져 건너편에 있는 휴를 따라갔다.

휴는 왜 담임 선생님을 따라가는 거지? 휴를 따라가는 것을 들키지 않기 위해 가을은 옆에 있는 건물로 들어가 3단계 둔갑으로 몸을 투명하게 만들었다.

그사이 횡단보도를 건너온 휴가 사람이 없는 골목으로 들어선 담임 선생님을 뒤쫓았다. 도대체 어떻게 된 일인지 모르겠다. 지난번 휴로 둔갑한 이와 대화했던 게 떠올랐다. 둔갑한 휴는 가을이 박물관

124

에서 일하고 싶어 한다는 걸 알았다. 생각해 보니 휴에게 그런 이야기를 한 적이 없다. 휴뿐만이 아니라 유정이나 신우에게도 한 적 없다. 아! 선생님과 상담할 때 딱 한 번 말했을 뿐이다. 그렇다면 지난번 휴로 둔갑한 이가 담임 선생님? 선생님의 정체가 뭐지? 거기까지 생각이 미쳤을 때 갑자기 선생님이 몸을 홱 돌려 휴에게 다다다 하고 뛰어왔다.

"이제 눈치챈 거야?"

담임 선생님이 씽긋 웃으며 휴에게 말했다. 휴는 처음 듣는 이름으로 선생님을 불렀다.

"진, 역시 너였구나."

진은 또 누구지? 진의 이름을 어디서 들어본 적이 있나 생각하고 있는데 갑자기 담임 선생님이 휴 또래의 여자아이로 변했다. 흑발의 머리카락이 허리 아래까지 내려올 정도로 길었다. 가을은 헉, 소리가 나려고 해 얼른 입을 막았다.

"휴, 왜 이렇게 오래 걸렸어? 한 달이 지나도록 친구를 못 알아보다니. 일부러 너 보라고 이 토우 인형도 열쇠고리로 만들어 가지고 다니고 너로 둔갑까지 했잖아. 그런데도 못 알아봐? 어쨌든 이번에도 내가 이긴 거야."

진이라는 이름을 가진 여자아이가 양쪽 입꼬리를 들어 올려 활짝 웃으며 말했다. 진과 휴가 친구라고? 아! 지난번 담임 선생님 팔을 만졌을 때 휴가 보인 게 다 그 때문이었나 보다. 그렇다면 진도 야호족이었던 걸까? 가을은 자세히 진의 얼굴을 들여다보았다. 동그란 얼굴에 쌍꺼풀이 진했고 코가 뭉툭했으며 입술은 두꺼웠다. 처음 본 얼굴이었지만 낯설지 않았다. 무언가가 연상되는 듯하다가 사라졌다.

"말도 없이 사라져서 천여 년 만에 나타난 게 누군데?"

"하아, 그러네. 내가 천 년 넘게 잠들어 있었구나."

진은 뭐가 재밌는지 헤헤 웃었는데 숨도 쉬지 않고 계속 웃었다. 지나치게 오래 웃고 있으니 기이하기까지 했다.

"도대체 언제 깨어난 거야? 어디 있었고? 그만 좀 웃고 말 좀 해 봐."

진은 숨이 넘어갈 정도로 웃고 나서야 웃음을 멈췄다.

"대답하기 전에 우릴 따라온 쥐부터 잡아야겠는걸?"

진이 옆에 서 있던 가을의 팔을 잡았다.

"가을아, 이제 그만 나와야지."

진이 만지는 순간 가을의 둔갑이 풀려 버렸고 가을은 원래의 모습으로 돌아왔다.

"최초의 구슬을 가진 우리 둘이 잘 지내야 하잖아.

앞으로 더 친하게 지내자."

3부

구슬의 비밀

세 친구

가을을 보고 휴는 어떻게 된 거냐고 물었다. 휴보다 더 놀란 건 가을이었다. 어떻게 가을의 둔갑을 저렇게 쉽게 풀 수 있는 거지? 그건 본야호인 수수도 함부로 못 한다. 둔갑을 강제로 풀 수 있는 건 대등한 힘을 가진 자끼리만 가능하다.

"아니, 난 네가 내 전화도 안 받고 가기에. 그런데 둘은 도대체 무슨 사이야?"

가을이 휴와 진을 가리켰고 진은 자기를 모르냐며 오히려 가을에게 물었다.

"담임 선생님이셨잖아요."

가을은 진을 경계하며 물었다.

"나에 대해 들은 적 없어?"

"없는데요."

"와, 휴. 나 진짜 서운해. 어떻게 내 이야기를 안 할 수가 있어?"

휴는 진에게 지금 그게 뭐가 중요하느냐며 그동안 어디 있었느냐고 물었다. 도대체 진의 정체가 뭘까?

"내가 네 방마다 가 봤어. 하지만 너는 없었다고."

"날 찾아다닌 거야? 헤헤. 기분 좋은걸?"

가을은 진의 정체가 전혀 파악이 되지 않았다. 휴의 친구라면 믿어도 되는 건가? 휴와 진은 가까운 사이 같아 보이긴 했다. 둘은 자연스레 팔꿈치로 상대의 팔을 밀거나 손으로 어깨를 만졌다.

"이번에도 네가 진 거나 마찬가지야. 그렇게 눈치를 줬는데도 모르다니. 학교에서 아는 척하고 싶었지만 꾹 참았다고. 결국 내가 너로 둔갑까지 해야 알아차리는 거야?"

"역시 너였구나! 아, 또 졌어."

휴는 분하다는 얼굴이다. 정말 둘이 게임이라도 한 건가? 둔갑한 진을 알아보지 못한 휴가 진 것으로 결과가 난 것 같았다.

"도호는? 혹시 도호 소식 들은 건 없어?"

"도호라니. 도호는 세상에 없잖아. 범녀가 없앴다고."

순식간에 분위기가 바뀌었다. 장난을 치던 둘은 도호 이야기가 나오자 숙연해졌다. 진도 도호가 사라진 이후 본 적이 한 번도 없다고 했고 휴는 역시 그랬구나, 하며 깊게 한숨을 내쉬었다.

휴와 진은 지난 이야기를 나눴고 가을은 알아듣지 못했다. 드라마를 1회부터가 아니라 중간부터 보는 것 같았다. 둘의 이야기는 알아

들을 것 같으면서도 무슨 이야기인지 완전히 파악하기 어려웠다. 휴
와 진은 그렇게 한참을 서서 대화하다가 진이 먼저 가 보겠다고 했다.

"나 갈게."

진이 인사를 한 후 먼저 갔고 가을과 휴만 남았다. 가을이 진을 잡
지 않아도 되느냐고 물었지만 휴는 그냥 두라고 했다.

가을과 휴도 원래 왔던 길을 걸었다. 가을은 힐끔 고개를 돌려 휴
를 바라봤다.

"어떻게 된 거야? 진도 본야호야? 아님 본호랑?"

휴가 고개를 저었다.

"진은 웅족이야. 웅녀 동생이거든."

"웅족? 웅족도 있었던 거야?"

가을은 웅족에 대한 이야기를 들은 적이 없다. 단군에게 구슬을
받은 건 령의 일족인 야호족뿐이었고, 범은 야호족에게서 구슬을 훔
쳐 호랑족이 되었다.

"어디서부터 이야기해야 할까."

휴는 머릿속에서 이야기를 하나씩 정리하는 듯했다.

"환웅이 내려왔을 때 곰과 범, 여우 세 친구를 불렀다는 건 알고
있지?"

가을이 고개를 끄덕였다.

"셋만 친구가 아니었어. 웅녀의 동생인 진과 령의 동생인 나, 범의
동생인 도호 우리 셋도 친구였지."

가을은 가만히 휴의 이야기에 귀를 기울였다. 멀고 먼 옛날 휴가 여우였던 시절부터 시작된 이야기다.

웅녀는 여우인 령을 찾아와 인간과 동물의 중간자 역할을 해 달라고 부탁하며 여우 일족에게 구슬을 주었다. 여우가 인간 형상의 야호족이 된 것을 범인 도호와 곰인 진이 지켜봤다. 인간 모습을 한 휴를 두고 도호는 깔깔거리며 놀렸다. 휴를 어떤 막이 감싸고 있었는데 그 위에 구슬이 둥둥 떠 있었다. 진은 이미 인간이 된 언니가 있었기 때문에 별 감흥이 없었다.

"진짜 네가 휴라는 거냐? 얼굴이 그게 뭐야? 꼬리는 어디 있어? 우습다, 우스워."

휴는 도호가 자꾸 놀리자 도호와 진을 만날 때는 여우의 모습으로 돌아왔다. 하지만 어느 순간부터 여우보다는 인간의 모습이 편해졌다. 휴를 감싼 막이 희미해질수록 휴는 인간 모습으로 있는 시간이 더 길어졌다.

처음에 도호는 하찮은 인간 모습 따위 조금도 부럽지 않았다. 그런데 어느 순간부터 매끈한 피부를 한 휴가 두 발로 땅을 디디고 서서 두 손으로 세상을 만지는 모습이 자꾸 떠올랐다. 도호는 앞발로 자기 털을 매만지며 생각했다. 이 털이 사라진다면 어떤 느낌일까? 네 다리가 아닌 두 다리로 선다면 더 멀리 볼 수 있을까? 도호는 호기심이 많은 범이었고 야호족을 자주 훔쳐봤다. 인간의 형상을 했다고 원래 모습을 완전히 버리는 건 아니었다. 야호는 자기들이 원할 때는 언제든 여우의 모습이 될 수 있었으니까.

도호는 제 누나를 졸랐다.

"누이도 웅녀를 찾아가 봐. 우리도 특별한 종족이 되면 좋잖아. 우리도 인간 모습으로 한번 살아 보자구."

하지만 도호의 누나는 도호의 부탁을 단칼에 거절했다.

"너, 내가 왜 동굴에서 뛰쳐나왔는지 정녕 모르는 것이냐? 범으로 태어나서 범으로 죽는 게 우리 일족 최대의 명예야. 인간의 탈을 쓰는 게 뭐가 좋아 보인단 말이냐? 세상 모든 일에는 대가가 따르는 법이야."

"구슬을 얻으면 영원히 살 수 있대. 그러면 쟤도 죽지 않을 거라고."

도호는 여동생을 가리키며 누이에게 애원했다. 도호의 막내 여동생은 태어날 때부터 약하게 태어난 범이었다. 남들보다 기는 것도 느렸고 어미 젖을 제대로 빨아 먹지도 못했다. 도호는 제 여동생을 끔찍하게 아꼈다. 힘이 없어 잘 씹지 못하는 동생을 위해 대신 고기를 잘게 씹어 입에 넣어 주기도 했고 등 뒤에 태우고 바깥 구경을 시켜 주기도 했다. 여우 중에 여동생과 비슷한 약한 여우가 있었는데 구슬을 삼킨 후 건강해졌다. 도호는 제 여동생을 살리고 싶었다. 이대로 두었다가는 언제 죽을지 몰랐다.

계속되는 도호의 부탁을 누나는 모른 척했고 결국 도호는 웅녀를 찾아갔다.

"제 동생이 죽어 가요. 제발 저에게 구슬을 주세요. 남은 구슬이 있다고 들었어요."

웅녀는 그런 도호를 꾸짖었다.

"어찌 너는 동생을 살리겠다면서 너에게 구슬을 달라고 하느냐? 만약 내가 구슬 하나를 준다면 네 동생에게 줄 수 있겠느냐?"

도호는 대답을 못 했다. 당연히 동생을 살려야 하니 동생에게 구슬을 주는 게 맞다고 대답해야 하지만 웅녀 앞에서 거짓말이 나오지 않았다. 도호는 누구보다 제가 구슬을 가지고 싶었다. 여동생을 살리고 싶었지만 그보다 먼저 자신이 인간이 되고 싶었다. 웅녀는 도호의 마음을 꿰뚫어 보았고 어떤 변명도 웅녀에게 통하지 않았다.

도호는 웅녀에게 거절당한 후 돌아오는 길에 지나가는 야호를 만났다. 야호 위에 구슬이 보였고 손을 뻗어 잡아채면 그 구슬을 뺏을 수 있을 것만 같았다.

도호의 이빨이 날카롭게 빛났고 도호는 야호에게 달려갔다. 앞쪽 왼 다리로 야호의 목을 꽉 눌렀고 오른 다리로 구슬을 낚아챘다. 구슬이 도호 손에 잡혔고 도호는 구슬을 꿀꺽 삼켰다. 제 왼 다리 발톱이 야호의 목에 깊숙이 들어가고 있음을 인지하지 못했다.

도호가 눈을 떴을 땐 온몸의 털은 사라지고 흙처럼 매끈한 피부를 가진 인간으로 변해 있었다. 또한 네 발이 아닌 두 다리로 설 수 있었고 두 손을 이용해 자유자재로 모든 것을 만질 수 있었다. 도호는 범으로 변신해 여동생을 위해 한 명의 야호를 더 해치웠다.

"도호가 구슬을 얻은 이야기를 듣고 다른 범들도 따라했어. 범에게 희생당한 야호가 열이 넘었지."

휴는 오래전 그 일을 여전히 생생하게 기억하고 있었다.

도호와 여동생 인선까지 구슬을 얻은 것을 보고 이모 범녀가 찾아왔다. 범녀는 도호처럼 야호의 구슬을 빼앗아 자기도 얻고 아들 선에게도 나눠 줬다. 본호랑들은 다들 그런 방식으로 구슬을 얻었기에 수수는 본호랑의 구슬을 가리켜 피가 묻은 구슬이라고 했다.

"모두 다 내 탓 같았어. 내가 구슬 얻은 걸 너무 뽐냈구나. 모두 다 내가 자초한 건지도 몰라."

"그게 왜 네 탓이야? 구슬을 훔친 도호 잘못이지."

가을이 휴를 달랬지만 휴의 일그러진 얼굴은 쉽게 펴지지 않았다.

"그런데 내가 도호였어도 그랬을 것 같아."

함께 모여 놀던 친구가 특별한 능력을 갖게 된다면 가을도 도호와 비슷한 생각을 했을까? 휴는 야호족을 해친 도호를 원망하기보다 그 상황이 생긴 것 자체를 안타까워했다. 그 이후로는 도호와 왕래를 끊었다.

"환웅은 구슬을 훔친 호랑족을 처벌하지 못했어. 도호는 자신이 호랑족이 되기 전에 저지른 일일 뿐이라며 항변했어. 동물의 세계는 약육강식이니까. 대신 환웅은 도호에게 동물이 아닌 호랑의 삶을 선택했기에 앞으로는 인간과 동물을 함부로 죽여서는 안 된다고 경고했지."

"그런데 웅녀 동생은 어떻게 구슬을 얻은 거야?"

"어느 정도 시간이 흐르자 안정기에 접어들면서 구슬이 보이지 않게 되었고 범도 더 이상 야호를 해치지 않았어. 하지만 웅녀는 알고 있었나 봐. 구슬 발현 시기에 호랑과 야호 사이에 큰 전쟁이 벌어질 것을 말이야. 웅녀는 둘 사이를 견제할 힘이 필요하다고 생각해 제 동생에게 나머지 최초 구슬을 준 거야. 진은 령 누나처럼 최초의 구슬을 받았어."

"그럼 최초의 구슬이 두 개란 거야?"

휴가 그렇다고 고개를 끄덕였다. 아까 진이 가을을 만지자 가을의 둔갑이 풀렸던 이유를 알 수 있었다. 가을과 같은 최초의 구슬을 가지고 있기에 가능했다.

"진은 령이나 도호처럼 일족을 이루지 않고 곰 중에서 혼자만 구슬을 얻은 데다 긴 잠에 빠진 적이 많아 본호랑과 본야호를 제외한 이들은 잘 몰라. 진은 구슬 전쟁이 있을 때마다 나타나서 야호족과 호랑족 사이를 중재했지. 야호족 편에 서서 호랑족을 막았다는 게 더 정확한 표현이겠지만. 그런 진이 무슨 영문인지 천 년 전 구슬 전쟁부터 나타나지 않았어."

가을보다 먼저 인간에서 호랑족이 된 현도 진 이야기는 모르는 듯했다. 령과 휴가 가을에게 웅족 이야기를 하지 않은 건, 가을을 만났을 때 이미 진이 사라진 지 한참 되었기 때문이라고 했다. 진은 곰과 많이 닮긴 했다. 만약 웅녀의 모습이 그림으로 남아 있다면 진과 아주 비슷했을 것 같다. 그렇다면 지난번 담임 선생님이 말한 언니가 웅녀였나 보다.

"도호는 진짜로 이 세상에 없나 봐."

휴의 목소리에 씁쓸함이 배어났다. 아까 휴는 진과 함께 도호 이야기를 나눴다. 진을 통해 도호가 세상에 없다는 것을 확인하자 속상해하는 것 같았다.

"도호는 어떤 친구였어?"

"착한데 나쁜 녀석. 나쁜데 착한 녀석. 보고 싶지만 안 보고 싶은 녀석. 안 보고 싶은데 보고 싶은 녀석."

휴의 말을 들으니 가을은 더 알쏭달쏭해졌다. 이건 맛있지만 맛없다는 말과 다를 게 없다.

"뭐 이제 다신 볼 수 없다는 게 확실해졌네."

휴는 내심 진을 만나면 도호에 대한 소식을 알 수 있을 거라 기대했던 것 같다. 하지만 진의 입에서 도호가 없다는 말을 들으니 일말의 기대감마저 내려놓은 듯했다.

"그런데 진은 왜 사라진 거야?"

"그건……."

휴는 머뭇거릴 뿐 말을 제대로 하지 못했다.

"뭔데?"

가을이 계속 묻자 휴는 우물쭈물하다가 대답을 했다.

"내가 진의 고백을 거절했거든."

"뭐?"

"진이 나를 좋아한다는 거야. 하지만 나는 진을 친구 이상으로 여기지 않았거든. 어느 날 진이 찾아와 내가 좋다면서 내가 또 거절하면 잠들어 버릴 거래. 말로만 그런 줄 알았는데 진짜로 잠이 들어 버렸어."

휴는 미안함에 한동안 진이 잠든 곳을 찾아 헤맸지만 찾지 못했다고 했다. 시베리아에 종종 갔던 이유도 혹시 그곳에 진이 잠들어 있지 않나 찾기 위해서였다.

"너도 진한테 마음 있어? 왜 진을 찾아다닌 거야?"

휴가 진을 찾기 위해 시베리아에 그렇게 갔다고 생각하니 가을은 왠지 마음속에서 뿔이 났다.

"지금 질투하는 거야?"

"절대 아니거든."

가을은 절대, 라는 말을 하지 말 걸 싶었다. 그냥 아니라고만 할 걸. 강한 부정은 긍정으로 읽힌다.

"그럼 진은 왜 돌아온 거야?"

"이제 잘 만큼 잤으니까? 진은 원래 저랬어."

진은 장난치는 걸 좋아한다며 그래서 휴의 학교 담임으로 왔을 거라고 말했다.

"그런데 진이 먼저 담임이 된 후 네가 전학 온 거잖아."

"아, 그러네. 아마 내가 네가 다니는 학교로 올 줄 알았을 거야. 아, 진을 바로 못 알아보다니. 내가 졌어."

휴는 진이 정체를 들켜서 장난을 멈출 거라고 했다. 마지막으로 휴 앞에 나타났을 때 진은 개로 둔갑했다. 휴는 개의 정체를 모른 채 여러 날 동안 밥도 주고 재워도 주었다. 그때도 휴가 한참을 못 알아보자 진이 먼저 자신임을 알려 줬고 휴는 다음에는 반드시 진이 어떤 모습으로 둔갑하든 먼저 알아볼 거라고 큰소리쳤다. 하지만 이번에도 진을 알아보는데 한 달이 넘게 걸렸다.

"담임 바뀔 거야. 정체를 들켰는데 진이 계속 담임 샘 노릇을 할 리 없거든."

담임 선생님이 그만둘 거라는 이야기에 가을은 이상하게 아쉬웠다. 휴는 학교가 아니더라도 진을 만날 기회가 더 있을 거라며 차차 진을 소개해 주겠다고 했다.

휴의 예상과 달리 다음 날 진은 담임 선생님의 모습으로 변함없이 학교에 왔다. 진을 보자 휴가 인상을 찡그렸다. 조회가 끝나자마자 휴가 가방을 들고 가을에게 오더니 말했다.

"가을아, 아무래도 나 학교 그만둬야겠어."

휴가 교실 밖으로 나갔고 가을이 따라 나갔다.

"왜?"

"진이 학교를 안 그만두겠대. 그럼 어째? 내가 그만두어야지. 진의 학생으로 지낼 수는 없잖아."

휴가 어깨를 으쓱 들었다가 내리며 대답했다. 복도 끝 쪽에 진이 걸어가는 게 보였다.

"나 간다. 집에서 봐."

휴가 진에게 달려갔다. 둘이 잠깐 이야기를 나누었고, 휴가 가방을 어깨에 멘 채 계단으로 내려갔다.

가을은 진이 있는 곳으로 갔다.

"저기, 선생님."

가을은 진의 원래 모습을 알고 있기에 쉽게 선생님이란 말이 나오지 않았지만 학교에서 '진'이라고 부를 수도 없는 노릇이었다.

"왜 학교에 남으시는 거예요? 휴한테 들켰잖아요."

"어머? 내가 휴 때문에 여기 온 거 같아? 너 때문에 온 거야."

진은 얼굴을 가을 가까이 바짝 붙이고 속삭였다.

"최초의 구슬을 가진 우리 둘이 잘 지내야 하잖아. 앞으로 우리 더 친하게 지내자."

진은 그 말을 남긴 후 교무실로 갔다. 가을은 왜인지 모르게 마음이 놓였다.

진과 함께

휴가 모리셔스로 돌아가 버렸다. 모리셔스에서 선박 사고가 나서 기름이 유출됐기 때문이다. 가을도 걱정이 되어 수수에게 연락을 했다. 수수 리조트에서 거리가 멀지 않은 바다라 리조트도 비상이 걸렸단다. 그보다 더 큰 문제는 돌고래가 기름 때문에 떼죽음을 당하고 있다는 거였다. 그 이야기를 들은 휴는 돌고래를 구하러 가겠다며 곧바로 모리셔스로 떠났다. 휴는 그래도 진이 있어서 안심이 된다며 어려운 일이 생기면 진에게 도움을 요청하라고 했다.

교실은 여전히 아이들로 복작거렸다. 하지만 가까운 유정에 이어 휴까지 없으니 가을은 교실이 텅 빈 것처럼 느껴졌다. 든 자리는 몰라도 난 자리는 안다더니 둘의 빈자리가 아주 컸다. 요즘은 집에 가도 재미가 하나도 없었다. 유정이 없으니 집에 있는 시간이 길게 느껴졌다. 유정과 함께 산 지 고작 일 년인데 그 전에는 어떻게 지냈는지 모르겠다. 할머니도 음식이 계속 남는다며 얼른 유정이 돌아오기를 기다리는 눈치다. 유정은 현을 설득해 함께 한국에 돌아오겠다고 했지만 이러다가 유정이 현에게 설득당해 돌아오지 않을까 봐 걱정이다.

"가을아, 가자."

점심시간, 신우가 다가와 가을 어깨에 살포시 손을 얹으며 말했다. 신우를 보자 썰렁했던 마음에 온기가 돌았다. 신우마저 없었으면 이 교실에서 가을은 이미 얼어 버렸을 거다. 신우가 있어서 얼마나 다행인지 모른다.

"가을아, 오늘 네가 좋아하는 소불고기야."

신우가 제 몫의 불고기를 가을에게 덜어 주었다.

"좀 먹어 봐, 가을아."

요 며칠 가을은 입맛이 없어서 밥을 먹는 둥 마는 둥 했다. 신우는 그런 가을을 걱정했다.

"오늘은 잘 먹을게. 너도 많이 먹어, 신우야."

고등학생이 되면서 신우는 키가 더 컸는데 살은 찌지 않아 말라 보였다.

"너 요즘에 키가 더 큰 것 같아."

"눈치챘어? 이제 나 휴랑 거의 비슷해."

신우가 조금 으스대며 대답했다. 가을은 이 년 전 일이 떠올라 피식 웃음이 나왔다. 휴의 뒷모습을 노려보며 왜 저렇게 크냐고 중얼대던 신우가 이제는 휴만큼 컸다. 자란 건 신우인데 왜 가을이 뿌듯한지 모르겠다.

"가을아, 정말 학원 나 혼자 다녀도 돼?"

"그럼."

"같이 다니면 좋을 텐데."

신우는 다음 주부터 기말고사를 준비하기 위해 내신 특강 학원에 다니기로 했다. 평일뿐 아니라 주말까지 학원에 간다. 가을에게도 같이 다니자고 했지만 가을은 학교에 이어 학원까지 갈 엄두가 나지 않았다. 신우와 함께 있는 건 좋지만 학원은 싫다.

"아무래도 저녁까지 그렇게 있는 건 힘들지?"

"아, 뭐."

신우는 둔갑이라는 말을 돌려서 말했다. 사실 가을은 며칠씩 둔갑한 상태로 지내도 피곤한 줄 몰랐다.

"가을아, 우리 이번 주 토요일에 영화 보러 갈래?"

"좋아."

가을은 무슨 영화냐고 묻지도 않고 무조건 좋다고 대답했다. 신우와 함께라면 무성 영화도 재미있을 테니까.

가을은 급식실에서 나가다가 담임 선생님과 마주쳤다.

"오, 우리 반 공식 커플. 밥 맛있게 먹었어?"

신우가 수줍게 웃으며 "네."라고 대답했다.

"나 매점 가는데 같이 가자. 음료수 사 줄게."

"감사합니다."

신우가 대답했다.

가을은 지난번 빵도 그렇고 계속 담임 선생님에게 얻어먹는 것 같아 거절하고 싶었는데. 어쩔 수 없이 신우와 함께 선생님을 따라 매점으로 갔다. 선생님이 마시고 싶은 걸 고르라고 해서 가을과 신우는 비타민 음료를 골랐다.

"그럼 둘이 데이트 잘해. 나는 빠질게."

담임 선생님은 계산만 해 준 뒤 먼저 매점에서 나갔다.

"우리 담임 샘 좋은 거 같아."

신우 말에 가을은 고개를 끄덕였다. 사실 담임 선생님이 둔갑한 웅족이라는 걸 신우에게 말해야 하나 고민했다. 야호인 가을도 놀랐는데 평범한 신우는 몇 배 더 혼란스러울 것 같았다. 진이 담임 선생님으로 머무르는 시간이 길지 않을지도 모른다. 결국 가을은 굳이 담임 선생님 이야기를 신우에게 하지 않기로 마음먹었다.

가을은 유정의 바지를 꺼내 입었다. 고등학생으로 변신했더니 옷들이 대부분 작아져 버렸다. 오늘 신우를 만나러 간다고 하니 유정은 얼마든지 자기 옷을 입으라고 했다. 원래 치마를 입고 싶었지만 유정은 하의가 다 청바지뿐이다. 하는 수 없이 유정의 연한 청바지 위에 아껴 둔 핑크색 니트를 입었다. 옷을 새로 살 걸 그랬나 하는 아쉬움이 있었는데 입고 나니 나름 괜찮았다. 머리카락을 단정히 빗은 후 마지막으로 거울을 한 번 더 들여다봤다. 스스로도 꽤 예쁘다는 생각이 들어 기분이 좋아졌다.

1층으로 내려왔는데 할머니와 엄마가 거실 소파에 앉아 있었다.

"가을아, 카드에 돈 넣었어. 신우랑 맛있는 거 사 먹어."

가을은 엄마에게 가서 두 팔로 어깨를 그러안았다.

"고마워, 엄마."

"하여튼 용돈 줄 때만 이러지."

"내가 언제."

가을은 말은 그렇게 했지만 엄마 말이 맞긴 했다. 엄마가 사춘기인 가을과 그나마 덜 싸우는 건 이렇게 적절한 당근이 있기 때문이다. 옆에 있던 할머니가 "가을아, 나는?" 하고 말해 할머니도 꼭 한 번 안은 후 인사를 하고 집에서 나왔다.

가을은 발걸음이 무척 가벼웠다. 신우와 학교 바깥에서 만나는 건 오랜만이다. 영화를 보고 난 후 새로 생긴 음식점에 갈 계획이다. 요즘 에스엔에스에서 인기가 많은 곳으로, 가을네 반 아이들도 다녀와서 맛있다고 이야기했다.

버스 정류장으로 가는데 신우에게 전화가 왔다.

"가을아."

신우의 목소리가 무척 다급했다.

"왜 그래?"

"할머니가 욕실에서 넘어지셨어."

가을은 "두심이 괜찮아?"라는 말이 나오려고 해서 얼른 삼킨 후 "할머니 괜찮으셔?" 하고 물었다.

"모르겠어. 지금 병원에 가 봐야 할 거 같아."

신우는 이따가 다시 연락을 하겠다고 했다.

가을은 고개를 숙여 제 모습을 봤다. 아, 잔뜩 꾸미고 나왔는데. 이대로 집으로 돌아가고 싶지는 않았다. 하지만 유정도 휴도 한국에 없다. 이렇게 만날 이가 없다니. 가을이 한숨을 내쉬는데 진이 떠올랐다. 진은 주말마다 유기 동물 보호소에 간다며 가을에게도 같이 가자고 말했다. 오늘도 진은 그곳에 갈까?

혹시나 하는 마음에서 가을은 진에게 연락했다. 진은 오늘도 봉사를 하러 갈 거라고 했다. 가을이 같이 가도 되느냐고 묻자 진은 흔쾌히 그러자고 했다.

잠시 뒤 나타난 사람은 신혜선 담임 선생님이 아닌 진이었다. 진은 평소에는 원래 모습으로 더 많이 지낸다고 했다. 가을은 진의 차에 올라탔다. 겉모습은 바뀌었지만 자동차는 그대로였다.

"이렇게 바깥에서 만나니까 더 반갑다."

진은 선생님일 때보다 말투가 더 가볍고 쾌활했다.

"휴는 언제 온대? 오랜만에 만났는데 갑자기 떠나면 어떡해."

진은 아쉽다며 말했다.

"아직도 휴 좋아해요?"

"누가? 내가?"

진은 무슨 말도 안 되는 소리냐며 코웃음을 쳤다.

"걔도 참. 언제 적 일을 가지고 그러는 거야. 난 기억도 안 나."

진이 손사래를 치며 원래 휴는 모두가 자길 좋아한다는 착각에 빠져 산다고 했다.

"휴 예전에도 그랬어요?"

"그럼. 지독했어. 다들 지를 좋아한다나 뭐라나. 하여튼 휴가 좀 그래. 푼수가 따로 없어. 령 언니랑 다르게 말이야."

령 이야기가 나오자 가을은 잠시 몸이 얼어붙는 기분이 들었다.

"령 님과도 친했어요?"

"그치. 우린 최초 구슬을 나눠 가진 사이였으니까. 령 언니가 그렇게 떠날 줄이야."

진은 말끝을 흐렸고 가을은 물끄러미 진을 바라봤다. 령은 떠났지만 령을 기억하고 있는 이를 만나게 되었다. 령을 언니라고 부르는 걸 보면 무척 가까웠나 보다. 수수도 령을 언니라고 불렀다.

"가을아, 령 언니가 살아 있었다면 분명히 나에게 너를 잘 봐 달라고 부탁했을 거야."

진이 오랜 잠에서 깨어났을 때는 이미 가을에 의해 구슬 전쟁이 끝난 후였다.

"네가 너무 잘 해내고 있더라."

진의 칭찬에 가을의 어깨가 조금 올라갔다.

"아직 최초 구슬에 대해 모르는 게 많지? 도움이 필요하면 언제든지 말해. 그러려고 일부러 네가 다니는 학교로 온 거야. 널 도우려고."

"왜 학생으로 오지 않은 거예요?"

"안 그래도 내가 잘 모르는데, 그런 상태로 학교 다니면 아이들한테 찐따 취급당할 거 아니야. 적어도 선생님은 몰라도 아는 척할 수 있잖아."

진은 나름 고민 끝에 학생 대신 선생님을 택했다고 말했다.

"참, 내가 나타난 걸 호랑족은 모르게 해 줘. 호랑족은 너무 피곤하거든."

가을은 아차 싶었다. 벌써 유정에게 말했다. 알고 보니 담임 선생님이 웅족이었다고 말하니 유정은 몹시 신기하다며 당장이라도 한국에 돌아오고 싶다고 했다.

"유정이한테 말했는데."

"유정이는 괜찮아. 범녀 귀에만 들어가지 않으면 돼. 범녀가 알면 또 무슨 짓을 할지 몰라."

"아, 그럴게요."

가을은 진이 무슨 걱정을 하는지 자세히 말하지 않아도 알았다. 범녀는 가을의 최초 구슬뿐만 아니라 진의 구슬을 탐하고도 남았다.

둘이 이야기하는 사이에 어느새 유기 동물 보호소에 도착했다. 령의 공원과 멀지 않은 곳으로 시내 외곽에 자리 잡고 있었다.

"보호소 와 본 적 있어?"

"아뇨."

령과 휴를 통해 보호소 이야기를 전해 듣기만 했다. 본야호는 동물 보호에 관심이 많아 봉사나 후원 활동에 적극적이다.

"놀라지 마. 무서워 보여도 다 착한 아이들이야. 상처받아서 경계하는 것뿐이야."

진은 먼저 시설 청소를 할 거라고 알려 줬다. 가을은 진이 시키는 대로 봉사자 등록을 한 후 청소 도구를 챙겼다.

유기 동물은 개가 가장 많았다.

"잘 있었어? 어디 아픈 데는 없고?"

진은 견사를 지나다니며 사람한테 말하듯 친근하게 유기견들에게 말을 걸었다.

견사마다 유기견의 이름과 구조 당시 상황이 적혀 있었다. 견주의 사망과 이민, 이혼, 이유 불명 등 다양한 사연이 적혀 있었지만 가을의 눈에는 그냥 다 핑계로밖에 안 보였다. 아주 먼 옛날에는 인간이 동물을 소유하지 않았다. 버려진다는 건 소유물에게 쓰이는 말이다. 반려동물의 수가 늘어날수록 유기 동물 보호소도 늘어난다. 한국만 해도 일 년에 보호소에 오는 동물이 만 마리가 넘는다고 들었다.

"오랜만에 깨어났더니 세상이 참 많이 변해 있더라. 자동차도 신기하고 인터넷도 신기하고."

진은 새로운 세상을 배우느라 한동안 정신을 차릴 수가 없었다고 했다.

"그런데 좋은 것만 있지 않더라고. 동물을 가둬 두고 구경하질 않나 이렇게 버리질 않나."

진은 유기 동물 보호소의 존재를 알게 된 이후 매주 봉사를 하러 온다고 했다.

어디선가 낑낑거리는 소리가 들렸다. 가을은 미안한 마음에 동물들을 똑바로 바라볼 수가 없었다.

"얼른 치우자."

진이 멍하니 서 있는 가을의 어깨를 살짝 밀었다. 가을은 정신을 차리기 위해 고무장갑 낀 손을 꽉 쥐었다. 지금은 이러고 있을 때가 아니다. 가을은 진과 함께 청소를 시작했다. 진은 이미 여러 차례 봉사를 해서 그런지 손이 아주 빨랐고 가을도 부지런히 움직였다.

가을이 맨 안쪽에 있는 견사에 들어가려고 하는데 담당자가 와서 여긴 그대로 두라고 했다.

"오늘 내일 해서요."

담당자가 가리킨 곳에는 개가 누워 있었다. 청소를 하는 중에는 동물을 다른 곳으로 옮기는데 상태가 좋지 않아 그냥 두었다고 했다. 팻말에 '학대 후 유기됨'이라고 적혀 있었다.

담당자가 다른 구역으로 갔고 진은 견사의 문을 열어 안으로 들어갔다. 가을은 영문을 몰랐지만 따라 들어갔다. 진은 고개를 돌려 근처에 아무도 없는 것을 확인한 후 개에게 바짝 다가갔다. 개는 실눈을 뜬 채 간신히 숨을 내쉬고 있었다. 제대로 먹지 못했는지 가죽 아래로 뼈가 다 드러났다. 몸 군데군데 맞은 것으로 보이는 상처도 보였다.

진은 눈을 감은 채 아주 천천히 개의 등을 쓰다듬으며 말했다.

"아가, 살아야 해. 꼭 살아야 해."

순간 개가 눈을 크게 떴다. 진의 손길이 닿을수록 눈에서 생기가 흘렀고 털에서 윤기가 돌았다. 가을이 깜짝 놀라 진을 바라보자, 진이 검지로 제 입을 가리키며 "쉿!"했다. 가을은 알겠다며 고개를 끄덕였다.

저녁때가 되어서야 청소가 끝났다. 보호소 직원들이 중간중간 점심도 먹고 쉬었다 하라고 했지만 가을과 진은 쉬지 않았다. 가을은 지난번 진이 왜 점심을 먹지 않았는지 이해할 수 있었다. 슬픈 눈을 한 동물을 보고 있으니 차마 편히 밥을 먹을 수가 없었다.

봉사가 끝났지만 가을은 발길이 떨어지지 않았다. 보호소를 나가면서 가을은 자꾸 고개를 돌려 뒤를 돌아봤다. 동물이 행복하지 않은 세상에서 인간만 행복하게 살 권리가 있을까?

"너무 화가 나요."

"그래도 여기 아이들은 그나마 다행이야. 이 보호소는 안락사를 시키지 않거든."

진은 아직까지 많은 보호소에서 공고 기한이 끝나면 유기 동물을 안락사시킨다고 알려 줬다. 문제는 여기 보호소가 동물들을 안락사 시키지 않는다는 소문이 나자 주변에 버려지는 유기 동물이 더 많이 늘어났다는 것이다. 동물을 버리고 가는 인간은 도대체 어떤 마음인 거지? 가을은 순간 동물을 버린 인간이 반드시 똑같은 경험을 했으면 좋겠다는 생각을 했고 말로도 내뱉고 말았다.

"오늘 가을이가 많이 놀랐구나. 언젠가 그럴 날이 올 거야. 반드시."

"진짜로 그랬으면 좋겠어요. 그런데 아까는 어떻게 한 거예요?"

진이 만졌던 개는 기운을 차리더니 스스로 일어나 먹이를 먹었다.

"최초 구슬 능력을 좀 썼어. 그 아이에게 세상에 대한 좋은 기억이 하나도 없더라고."

가을은 최초 구슬 능력에 치유가 있는지 몰랐다. 가을은 자신이 여전히 최초 구슬을 잘 다룰 줄 모른다는 생각이 들었다.

"저는 아직 최초 구슬에 대해 모르는 게 너무 많은 것 같아요."

"앞으로 내가 하나씩 알려 줄게. 그러려고 내가 깨어난 거니까."

진의 미소에 따뜻함이 가득 담겨 있었다. 가을은 진에게 다음에 또 같이 와도 되느냐고 물었다. 진은 언제든지 오고 싶을 때 이야기하라고 했다.

"감사해요. 진 님."

"고맙긴. 내가 더 고마워. 그리고 진 님이라고 하지 말고 편하게 언니라고 불러."

"그래도 돼요?"

"그럼."

령도 처음 만났을 때 가을에게 언니라고 부르라고 했다. 하지만 령이 너무 대단하고 신비로워 보여서 차마 언니라고 부르지 못했다. 나중에는 언니라고 부르고 싶어도 '령 님'이 입에 붙어서 언니라고 부를 수가 없었다. 령에게도 언니라고 불렀으면 얼마나 좋았을까.

"언니."

가을은 조심스럽게 진을 언니라고 불렀고 진은 가을의 어깨를 다정하게 감쌌다. 가을의 마음속 구멍이 조금 작아지는 듯했다.

최초 구슬의 힘

수업이 모두 끝난 후 가을은 학교 앞에서 진을 기다렸다. 진을 알아갈수록 령이 더 많이 생각났다. 진은 가을이 모르는 령의 시간을 알았다. 진과 령에 대해 더 많이 이야기 나누고 싶었다.

"나 기다린 거야?"

담임 선생님 모습을 한 진이 교문 앞에 서 있는 가을을 보며 물었고 가을은 그렇다고 고개를 끄덕였다.

"가자. 안 그래도 너랑 시간을 갖고 싶었어."

가을과 함께 걷던 담임 선생님은 잠깐 기다리라고 하더니 건물 화장실 안으로 들어갔다. 들어갈 때는 담임 선생님이었지만 나올 때는 진이었다. 가을도 선생님 모습보다는 진이 더 편했다.

"너는 그대로 있을 거야?"

"전 괜찮아요."

가을은 되도록 고등학생의 모습을 유지하고 있다. 길을 가다가 친구들을 만났을 때 진짜 모습을 겨울이라고 둘러대는 일을 두 번 다시 겪고 싶지 않았다.

"카페가 있네. 저기 갈까?"

진이 건물 1층에 있는 카페를 가리켰다. 아직 저녁을 먹기에는 이른 시간이라 가을은 그러자고 대답했다.

"오, 여기 인절미 빙수가 있어? 맛있겠다. 우리 이거 먹을까?"

진이 인절미 빙수 사진을 가리키며 물었다.

"네. 좋아요."

잠시 후 주문한 인절미 빙수가 나왔다. 진은 맛있겠다며 한 숟가락 가득 떠서 입에 넣었다. 진은 령과 좋아하는 음식도 비슷했다. 령도 인절미를 좋아했다. 본야호라고 다 전통 음식을 좋아하는 건 아니다. 수수는 세상에 맛있는 게 얼마나 많은데 아직도 옛날 음식 타령이라며 팥이나 떡을 거의 먹지 않았다.

"너는 신우라는 인간 아이 때문에 인간의 시간을 살고 있는 거야? 늘 궁금했어."

진의 질문에 가을은 곧바로 대답하지는 못했다. 그 대신 가을은 진에게 물었다.

"언니는 구슬 받은 걸 후회한 적 없어요?"

가을은 자연스레 진을 언니라고 불렀다. 학교에서는 신혜선 선생님이지만 진의 모습일 때는 언니다.

"왜 없었겠어. 구슬 전쟁을 치를 때는 더 강해지고 싶어하는 호랑족의 욕망이 끔찍했지. 그게 다 내 책임인 것 같아 괴로웠어. 게다가 오랜 잠에서 깨어나 보니 인간들 때문에 고통받는 동물들이 너무 많더구나. 오래오래 살기에 이 세상은 그리 아름답지 않은 것 같아. 너는 구슬 얻은 걸 후회하니?"

"책으로 따지자면 계속 같은 부분을 반복해서 읽고 있는 것만 같아요. 저는 다음 내용이 궁금하거든요. 제가 이런 말을 하면 살아 보지 못한 삶에 대한 미련 때문에 그런 거래요. 마치 인간들이 긴 삶을 사는 우리를 부러워하는 것처럼요. 근데 저는 잘 모르겠어요."

가을을 살려 준 령이나 휴에게 이 마음을 보인 적은 없다. 그러면 은혜도 모르는 야호가 될 테니까. 진은 오히려 거리가 있으니 솔직하게 말할 수 있었다.

"사랑하는 이들과 헤어지는 것도 힘들어요. 얼마 전에는 동생이 떠났어요."

가을은 언젠가 신우와 헤어질 생각을 하는 것만으로도 마음이 갈기갈기 찢기는 기분이 들었다. 슬픔은 남은 자의 몫이다.

"사실 저는요. 아직도 령 님이 떠났다는 게 믿기지가 않아요."

가을은 그런 상상을 한다. 거짓말처럼 령이 살아 돌아오는 것을 말이다.

"나도 령 언니가 무척 많이 그리워. 웅녀 언니와 령 언니 모두 나에게 친자매와 다름 없었거든."

"그럼 수수 님도 잘 알아요?"

"그럼. 수수랑도 친했지. 수수는 어떻게 지내? 수수 보고 싶네."

진은 자신이 야호족과 호랑족 사이에 중간자 역할을 하지만 호랑보다는 야호와 더 가까웠다고 했다.

"가을아, 령 언니는 너를 많이 아낀 거야. 그래서 기꺼이 최초 구슬을 너에게 줬겠지. 물론 야호족이자 호랑족의 피를 이어받은 너에게 구슬 전쟁을 막을 힘이 있다는 것을 알았겠지만, 최초 구슬을 내어 주는 건 쉬운 일이 아니거든. 최초 구슬에는 막강한 힘이 있어."

가을은 진이 말한 힘에 단순히 사이코메트리 능력만 있는 게 아니란 걸 알았다. 최초 구슬을 다룰 수 있게 된 이후 가을은 한 번도 다친 적이 없다. 얼마 전 자동차에 세게 부딪히는 사고가 있었는데 몸에 멍은 물론 긁힌 자국조차 안 났다. 가을이 경험한 것을 말하자 진은 모두 최초 구슬을 지니고 있기 때문이라고 했다.

"만약에요. 령 님에게 최초 구슬이 있었으면 그렇게 당하진 않았겠죠?"

진은 잠시 가을을 바라보다가 말을 이었다.

"이미 지난 일이야. 생각하지 마라."

"하지만 계속 생각나는 걸요. 만약에 령 님이 제게 구슬을 주지 않았다면 살 수 있지 않았을까요……. 저 때문에 령 님이 그렇게 가 버린 것 같아요."

진은 가을에게 그만 자책하라고 했다.

"령이 진정으로 너에게 바라는 게 뭘까? 나는 그걸 알기 위해서는 네가 먼저 최초 구슬을 제대로 다룰 줄 알아야 한다고 생각해."

가을은 아직 최초 구슬을 잘 다루지 못할뿐더러 최초 구슬의 힘이 어느 정도인지 가늠이 되지 않았다. 만약 최초 구슬이라면 가을이 정말로 원하는 것을 이룰 수 있지 않을까?

"휴가 그랬어요. 구슬을 받을 때 제 숨통이 거의 끊어져 있었다고요. 일반 구슬로는 저를 살릴 수 없어 령 님이 최초 구슬을 준 거라고요."

"맞아. 최초 구슬로는 충분히 가능한 일이지. 아직 나도 시도해 본 적은 없지만 최초 구슬로 죽은 자도 살릴 수 있다고 들었어."

"정말요?"

"웅녀 언니가 분명 그렇게 말했던 게 기억나. 하지만 함부로 사용할 수는 없는 능력이지. 왜냐하면 최초 구슬을 포기해야 가능한 일이니까."

진의 말이 맞다. 령은 가을을 살리기 위해 최초 구슬을 포기했다.

"그런데 너는 령 언니에게 최초 구슬을 받은 걸 정말 몰랐어?"

"네. 바보같이요."

령은 오직 휴에게만 그 사실을 알렸고, 휴는 누구에게도 말하지 않았다.

"최초 구슬이 어느 정도 느껴지니?"

"집중하면 옅은 푸른색으로 형체가 조금 보여요."

최초 구슬에서 파생된 구슬은 오백 년마다 한 번씩 일정 시기에 발현이 되지만 최초 구슬은 언제든 발현이 가능하다. 하지만 가을은 완전한 발현을 스스로 해 본 적은 없다.

　"최초 구슬을 완전히 발현시키면 미래도 볼 수 있어."

　"정말요?"

　"응. 너랑 나는 더 가까워질 거야."

　진이 그 말을 하면서 빙긋 미소를 지었다. 진담인지 농담인지 가을은 헷갈렸다.

　"또 무슨 힘이 있어요?"

　"그건 차차 알게 될 거야."

　진이 탁자 위에 놓인 가을의 손을 찬찬히 쓰다듬으면 말했다.

　"이래서 내가 깨어났나 보다. 네 옆에 있으라고 말이야. 령이 나를 깨운 거야."

　가을은 진과 있으면 령에 관한 이야기를 마음껏 할 수 있어서 좋았다. 그래서 진과 조금 더 있고 싶었다. 하지만 진은 학원에 가야 한다고 했다. 오래 잠든 후 깨어난 진은 배워야 할 게 많단다. 가을이 무슨 학원이냐고 물으니 영어 회화를 배우는 중이라고 했다. 진이 야호와 호랑을 조사해 보니 한국에 머무는 이들보다 해외에 나가 있는 이들이 더 많다며, 진도 해외에서 살 계획이 있다고 했다.

　"최초 구슬이 있어도 공부는 따로 해야 하나 봐요?"

　"당연하지."

"아, 그렇군요."

가을은 내심 공부하지 않아도 1등을 할 수 있는 게 아닌가 기대했지만 그건 불가능한 일이었다. 신우는 지금 기말고사 학원 특강을 듣는 중이고 그건 다른 아이들도 마찬가지다. 가을도 집으로 가서 기말고사 시험공부를 해야 할 듯싶었다.

집으로 돌아온 가을은 신우에게 뭐 하냐고 메시지를 보냈지만 답이 없었다. 학원 수업 중인 것 같았다. 공부하려고 책상 앞에 앉았지만 생각만큼 문제가 잘 풀리지 않았다. 괜히 1층으로 내려가서 물한 잔 마시고 화장실 한 번 다녀오고 할머니와 엄마 방에도 다녀왔다. 할머니는 드라마 보느라 바빴고 엄마는 선을 만나러 가서 오지 않았다.

수학 문제를 풀려고 하는데 책상이 너무 더러웠다. 자꾸 어질러진 책상이 신경 쓰여 공부에 집중하기 어려웠다. 우선 책상부터 치워야겠다.

가을은 책상 위뿐만 아니라 책꽂이, 책상 서랍까지 꼼꼼하게 정리했다. 그러고 나니 열한 시가 넘었다. 몇 문제 풀지도 않았는데 시간이 훌쩍 지나가 버렸다. 중학교를 다닐 때 시험 기간에 유정이 딴짓을 하면 왜 그러는지 이해가 되지 않았다. 그래서 유정이 공부를 못하는 거라고 생각했는데 아니다. 유정은 어려우니까 그랬던 것뿐이다. 이제야 가을은 유정의 마음이 이해가 갔다. 역시 같은 처지에 놓이지 않으면 잘 알 수 없구나. 함부로 타인의 상황에 대해 이야기하면 안 된다는 것을 새삼 깨달았다.

갑자기 유정이 보고 싶었다. 아까 공부 시작할 때 유정이 영상 통화를 하자고 했지만 공부한다며 거절했다. 유정은 현이 조금씩 나아지고 있다면서 현이 완전히 다 나을 때까지 옆에 있겠다고 했다. 유정은 요즘 현과 함께 외국에 사는 호랑족을 만나느라 정신이 없다. 처음 만나는 호랑족들이 많다며 유정이 신나서 이야기를 하면 가을은 괜히 심통이 났다. 가을은 친한 야호족이 휴와 수수밖에 없다. 루비는 일 때문에 자주 만나긴 하지만 아직 어색하다.

> 유정아, 뭐 해?

잠시 후 유정에게 답이 왔다.

> 가을이 너 공부하기 싫구나? ㅋㅋㅋㅋㅋㅋㅋ

> 아니거든! 오늘 공부 엄청 열심히 했거든!

> 거짓말~ 안 봐도 다 보임 ㅋㅋㅋ

유정이 가을을 믿지 않았다. 그런데 그게 사실이니까 가을은 스스로가 너무 초라하게 느껴졌다. 고등학교 수학은 왜 이렇게 어려운 거야. 고작 일 년 더 컸을 뿐인데 이렇게 어려운 걸 어떻게 풀라고 하는 건지 모르겠다.

다시 집중해 보자, 집중! 가을은 눈을 감고 정신을 한곳으로 모았다. 집중하자 최초 구슬이 조금씩 더 또렷하게 느껴졌다. 오, 신기하다. 이 구슬의 힘은 어디까지일까. 정말로 죽은 사람도 되살릴 수 있는 건가? 그건 이미 죽은 지 한참 흐른 이에게도 가능한 일일까? 그럼 어쩌면 령도?

가을은 진이 말한 이야기가 자꾸 맴돌았다.

가을이 깊은 숲속을 걷고 있다. 어딘가에 갇혀 있는 령이 가을을 부른다.

"가을아, 나 여기 있어. 나 좀 꺼내 줘."

가을은 령을 찾기 위해 미친 듯 숲속을 헤맨다.

역시나 꿈이다. 령 생각을 자주해서 그럴까. 요즘 가을은 매일같이 령이 나오는 꿈을 꾸었다. 이게 단순한 꿈이 아니라는 생각이 들었다. 가을이 지니고 있는 최초 구슬은 령에게 받은 것이다. 이 구슬을 통해 령과 가을은 이어져 있다.

가을은 하교 후 매일같이 진을 만났고 진에게 이런저런 이야기를 털어놓았다. 오늘은 진에게 령의 꿈을 자주 꾼다고 말했다.

"아직 령의 혼이 남아 있는 건가."

진이 중얼거렸고 가을은 궁금했던 것을 물었다.

"언니가 그랬잖아요. 최초 구슬은 죽은 이도 살릴 수 있다고요. 만약 령 님에게 제 최초 구슬을 주면 령 님이 살아날 수 있는 거예요?"

"그렇게 해서는 안 돼."

진이 단호하게 말했지만 가을은 진의 말 속에서 빈 틈을 찾아냈다.

"그렇게 하면 안 된다는 건 할 수 있다는 말이죠? 불가능해서가 아니죠?"

진은 대답을 하지 않고 가을의 시선을 피했다

"제 최초 구슬은 원래 령 님의 것이었어요. 령 님이 묻혀 있는 곳을 알아요. 제 구슬을 령 님에게 돌려주고 싶어요."

"그건 안 되는 일이야."

"안 돼도 좋아요. 한번 시도해 볼 수는 있잖아요. 제발요, 언니."

가을은 간절하게 진에게 부탁했다. 최초 구슬을 지닌 진이라면 최초 구슬을 다루는 방법을 누구보다 잘 알 것이다.

"가을아, 최초의 구슬을 옮긴다는 게 어떤 의미인 줄 아니? 네 최초 구슬을 그리 쉽게 포기할 거야?"

"포기라뇨. 령 님을 살릴 수 있다면 당연히 할 수 있어요. 그리고 이 구슬은 원래 령 님의 것이었다고요."

"령 언니가 너에게 준 건 다 이유가 있단다."

진은 가을에게 타이르듯 이야기했지만, 진의 말을 듣고 보니 최초 구슬로 령을 살리는 게 불가능한 일만은 아닌 것 같았다.

"도와주세요. 언니도 령 님이 보고 싶잖아요. 저는 최초 구슬보다 령 님이 더 소중해요."

"하지만 너는 아직 구슬을 완전히 발현시킬 수도 없잖니."

"연습하면 되잖아요."

"너는 야호랑의 리더인 원호야. 함부로 구슬을 내놓을 생각을 하지 말 거라."

진은 담임 선생님의 모습을 하고 있지 않으면서도 선생님처럼 가을을 가르치려고 했다. 결국 가을은 진에게 잔소리만 잔뜩 들은 후 아무 소득 없이 집으로 돌아갔다.

가을은 매일같이 진을 졸랐다. 최초 구슬로 령을 살리고 싶다는 마음이 가득 차 넘칠 것 같았다. 어쩌면 진이 돌아온 이유는 령을 살리라는 계시인지도 모른다. 하늘이 그런 이유로 진을 가을에게 보낸 거라면 하루라도 빨리 령에게 가야 한다.

가을은 일부러 쉬는 시간마다 교무실로 진을 찾아갔고 수업이 모두 끝나면 학교 앞에서 퇴근하는 진을 기다렸다.

"네가 자꾸 이러면 나 잠들어 버릴 거야."

진은 그만 좀 자기를 쫓아다니라며 가을에게 협박 아닌 협박을 했다. 진이 사라져 버리면 찾는 건 쉽지 않다. 휴도 천 년 이상 진을 찾지 못했다고 했다.

대신 가을은 작전을 바꿨다. 진을 만나면 누구보다 침울한 표정을 지으며 한 번씩 애틋하게 진을 바라봤다.

"너, 정말로 그러고 싶어?"

"네. 령 님에게 받은 걸 돌려줄 거예요. 령 님을 살리고 싶어요. 언니, 제발 도와줘요."

가을은 간절하게 진에게 부탁했다. 진은 길게 한숨을 내쉬었다.

"후회하지 않을 자신 있어?"

"네!"

진은 물끄러미 가을을 바라봤고 가을은 진의 눈을 똑바로 바라봤다. 가을은 자신의 결의를 진에게 보여 주고 싶었다. 진은 한번 시도해 보자고 말했다.

"고마워요, 언니."

가을은 와락 진을 껴안았다.

"휴한테는 말하지 마. 안 되면 실망할 테니까."

"그럼요."

할머니와 엄마에게도 우선은 비밀이다. 나중에 가을이 령과 함께 돌아온다면 엄마와 할머니도 좋아하겠지. 가을의 세 모녀를 살려 준 건 령이었으니까. 령 덕분에 가을 세 모녀가 살았다.

진은 우선 가을이 구슬을 완전히 발현시킬 수 있도록 훈련을 해야 한다고 말했다.

"네가 생각하는 대로 자유자재로 구슬을 움직일 수 있어야 해. 구슬이 또렷하게 발현이 되어야 너와 구슬을 분리시킬 수 있어. 그래야 령 언니에게 그걸 옮길 수 있다고.”

“고마워요, 최선을 다해 볼게요.”

“그래 한번 해 보자. 내가 도울게.”

그 말을 듣자 가을의 구슬이 조금 더 또렷하게 빛을 내기 시작했다.

호시탐탐

집으로 돌아온 가을은 진과 함께 구슬을 발현시킨 일을 떠올렸다. 진이 알려 준 대로 하니 구슬이 더 잘 느껴졌다. 매일 가을은 하교 후 진을 만나 훈련 중이다. 기말고사 준비는 포기했다. 우선 령을 살리는 게 더 중요하다. 령이 돌아오면 2학기 때는 제대로 공부할 거다.

방문을 걸어 잠근 후 가을은 눈을 감은 채 구슬을 떠올리며 집중했다. 구슬에서 푸르스름한 기운이 느껴지지만 아직은 투명한 색에 가깝다. 진은 구슬이 또렷하게 옥빛으로 빛나야 분리가 가능하다고 했다. 가을은 구슬을 조금씩 움직여 봤다. 가을이 생각하는 대로 구슬이 왼쪽으로 오른쪽으로 돌아갔다.

가을은 눈을 떴다. 온몸에 땀이 흥건했다. 후유, 하고 숨을 길게 내뱉으며 수건으로 이마와 몸에 흐르는 땀을 닦았다. 진은 처음부터 너무 무리하면 안 된다고 했다. 구슬 발현하는 건 에너지 소모가 크다.

168

잘 먹고 잘 자고 잘 쉬어야 한다. 가을은 진이 알려 준 대로 몸을 보호하기 위해 준비해 둔 따뜻한 차를 마셨다.

따뜻한 물로 샤워를 한 후 가을은 방으로 돌아왔다. 침대에 누워 인터넷을 하다가 메일함을 열었는데 호랑족들이 보낸 메일이 가득했다. 지난번 공격이 범녀의 자작극임이 밝혀지면서 범녀는 원로 야호랑 자격을 정지당했고 야호랑 회의에 백 년 간 참석 금지령을 받았다. 호랑족들은 이를 두고 계속 범녀에게 내린 처분이 과하다느니, 가을이 편파적인 처벌을 했다느니 하며 항의했다.

그래도 범녀 님이 할머니시잖아요. 어쩜 그리 매몰찹니까?

메일을 읽던 가을은 허, 하고 탄식했다. 범녀가 가을에게 한 짓을 알면서도 이렇게 말하다니. 가을은 최대한 화를 가라앉힌 후 가을이 아닌 야호랑의 리더로서 야호랑의 질서를 위한 일이라는 답을 보냈다.

어느새 가을은 컴퓨터 앞에 앉아 메일을 쓰고 있었다. 핸드폰으로 처리하기에는 보내야 할 양이 많았다. 마지막 메일의 답까지 보낸 후 가을은 고개를 뒤로 젖혔다. 아, 스트레스 받지 말아야 하는데. 하여튼 범녀는 도움이 안 된다.

핸드폰 벨이 울렸다. 신우인가 싶어서 얼른 핸드폰을 집었는데 수수였다. 령을 되살리겠다는 계획을 비밀로 하기로 한 진과의 약속 때문에 받지 않을까 싶었지만 오랜만에 전화가 온 거였다. 모리셔스 바다에 기름이 유출되는 바람에 예약 취소가 줄줄이 이어져 수수가 아주 바빴다.

핸드폰 화면에 수수 얼굴이 떴다.

"잘 지내셨어요?"

"이제 취소 건은 거의 다 해결됐어."

당분간 리조트를 운영하지 못할 텐데 수수는 크게 걱정하지 않는 것 같았다. 그동안 축적한 부가 많아서 여유로운 건가? 가을이 물으니 타격이 크긴 하지만 뭐 어쩌겠느냐고 대답했다.

"이번 기회에 쉬어 가는 거지 뭐. 그동안 리조트 리모델링을 할까 봐. 손님 있을 때는 하기 어려우니까."

수수는 이 보 전진을 위한 일 보 후퇴일 뿐이라며 앞으로 살날이 많으니 괜찮다고 했다. 그 말에 가을이 웃었다. 정말로 야호족인 수수에게는 시간이 많다.

"너, 무슨 일 있어?"

가을이 생각하는 걸 읽었는지 곧바로 수수가 물었다.

"아뇨. 없는데요."

가을은 딱 잡아뗐다. 수수에게 들켜서 좋을 게 없다.

"휴는요?"

"걔는 매일 바다에 나가서 기름 유출된 거 청소하고 있어."

"아직 안 들어왔어요?"

"해 뜨면 나가서 해 져야 들어와."

가을도 휴와 가끔 메시지만 주고받을 뿐이다.

"진이 너희 담임이라며? 진은 너한테 잘해 주니?"

"네. 누구와 달리 아주 다정하더라고요."

"설마 그 누구가 나는 아니겠지?"

이럴 땐 묵비권을 행사할 필요가 있다. 가을은 아무 대답도 하지 않았지만 수수가 화를 냈다.

"너, 모리셔스 초대 안 할 거야. 사월이랑 하송이만 초대할 테니까 너는 그냥 혼자 한국에 있어!"

"장난이에요. 왜 그러세요?"

"가을이 너 서운하다. 진이랑 알게 된 지 얼마나 되었다고 그래?"

"그럼요. 수수 님과 진 언니를 어떻게 비교해요?"

"진 언니? 너 진을 언니라고 부르는 거야? 둘이 벌써 그렇게 친해 졌어?"

"진 언니가 그렇게 부르라고 해서요."

수수는 한 번도 자신을 언니라고 부르라고 한 적이 없다. 꼭 님 대우를 받으려고 했다.

"진이 나에 대해서는 별말 안 해?"

"보고 싶다고 하더라고요."

수수는 뭐가 이상한지 고개를 갸우뚱하며 혼잣말로 "다 잊은 건가."라고 했다. 가을이 무슨 일이냐고 물었지만 수수는 아무것도 아니라고 했다.

가을은 수수와 이런저런 이야기를 하다가 통화를 끝냈다.

진과 훈련을 끝낸 후 집으로 돌아오는데 집 앞에 많이 보던 차가 한 대 서 있었다. 자인의 차다. 요즘 만만통 관련 일을 소홀히 해서 직접 찾아왔나? 그런 건 문자로 보내도 될 텐데. 가을이 끄응 소리를 내며 한 발짝 걸음을 내딛었을 때 자인이 차 문을 열고 나왔다. 자주 보면 정이 든다는데 자인만큼은 아무리 봐도 그게 잘되지 않았다.

"연락도 없이 무슨 일이세요?"

"범녀 님이 하실 말씀이 있다고 해서요."

자인이 자동차 뒷좌석 문을 열며 말했다. 안을 들여다보니 범녀가 타고 있었다. 얼마 전에 퇴원했다는 이야기를 엄마로부터 전해 듣긴 했다. 가을은 범녀를 만나는 게 껄끄러웠지만 여기까지 찾아왔는데 그냥 돌려보낼 수는 없었다.

가을은 자동차 안으로 들어가 범녀 옆에 앉았다. 병원에서 봤을 때보다 범녀 얼굴이 많이 좋아 보였다.

"몸은 좀 괜찮으세요?"

"이제 많이 나았단다."

"다행이네요."

가을은 예의상 묻고 예의상 대답했다. 가을과 범녀가 사이좋게 이야기를 나눌 사이는 아니다. 가을은 범녀가 왜 왔는지 알 수 있었

다. 분명 처벌이 과하다며 재고해 달라고 온 거겠지. 하지만 자업자
득이다.

"그런데 이렇게 찾아오셔도 이미 내린 처분을 되돌릴 수 없어요.
그건 저 혼자 결정한 것도 아니니까요."

가을은 최대한 범녀를 바라보지 않은 채 말했다. 하나밖에 없는
손녀가 어쩌고저쩌고하면서 가을의 마음을 돌리려고 할 테니까. 범
녀도 보면 참 일관성이 있게 뻔뻔했다. 자신이 가을에게 한 짓은 모
두 잊은 듯했다. 가을은 범녀의 이런 행동에 실망하지 않았다. 범녀
에게 아무 기대가 없으니까. 기대가 없으면 실망도 없다.

"그것 때문에 찾아온 게 아니야."

"그럼요?"

"정말로 도호가 나타났어. 내가 잘못 봤을 리가 없다고."

"제가 집으로 가서 확인했어요. 혼자 그러신 거 제가 다 봤다니까
요."

"그래. 공격당했다고 한 건 거짓말이 맞아. 그래야 도호를 봤단 내
말을 믿을 것 같아 그랬단다."

결국 범녀는 자신의 거짓말을 실토했다. 가을은 길게 한숨을 내쉬
었다. 범녀는 왜 매번 이런 식일까. 범녀에게 실망하던 선의 표정이
떠올랐다. 가을과 다르게 선은 범녀에 대한 일말의 믿음이 있는 것
같았다.

"왜 자꾸 선을 실망시키세요? 선에게 미안하지도 않으세요? 제발

그만 좀 하세요."

범녀가 가을의 손을 잡으려고 했고 가을은 뿌리쳤다.

"자꾸 거짓말을 하시면 회의를 소집할 거예요. 그러면 더 큰 제재가 이뤄질 거라고요."

"네 경고는 깊이 새겨들으마. 하지만 이건 받아 주었으면 좋겠어."

범녀가 가방에서 작은 상자 하나를 꺼내 가을에게 내밀었다. 돈으로 가을의 마음을 돌리려는 건가? 가을의 집이 궁하긴 하지만 이런 걸로 흔들릴 가을이 아니다. 가을은 단호하게 말했다.

"받지 않을 거예요."

"이게 뭔 줄 알고?"

가을은 할 말을 잃고 범녀가 내민 작은 상자를 바라보았다. 가을이 생각하는 게 아니라면 뭐지?

"이건 호랑이 눈썹을 모아 만든 렌즈야. 다른 호랑이 눈썹과는 달리 인간뿐만 아니라 호랑족이나 야호족도 들여다볼 수 있어."

범녀가 달칵하고 상자를 열었다. 그 안에는 렌즈 통이 있었다. 호랑이 눈썹은 호랑이에 대한 유명한 전설 중 하나다. 어려움에 처한 인간에게 호랑이가 자신의 눈썹을 하나 건네주며 이걸 대고 보면 사람의 전생을 볼 수 있다고 한다. 호랑이 눈썹을 얻은 인간은 다른 사람의 전생의 모습을 통해 자신에게 잘 맞는 사람과 그렇지 못한 사람을 구별해 내고, 잘 맞는 사람과 함께 살면서 어려움이 해결되고 행복해진다.

가을은 유정에게 호랑이 눈썹에 대해 들은 적이 있다. 유정은 반에서 문제를 일으킬 아이들을 귀신같이 알아봤다. 유정이 "쟤 좀 위험한데? 가까이 하지 마."라고 하면 얼마 지나지 않아 학폭에 연루되거나 사고를 쳤다. 우연이라고 하기에 그런 일이 꽤 있었다. 가을이 어떻게 알았냐고 물었더니 호랑이 눈썹 이야기를 해 주었다. 야호족에게 호리병이 있는 것처럼 호랑족에게는 호랑이 눈썹이 있다. 호랑이 눈썹을 이용하면 자신에게 도움이 될 상대와 도움이 되지 않을 상대를 가려낼 수 있다.

종야호보다 본야호가 가진 호리병의 위력이 대단한 것처럼 호랑이 눈썹 또한 본호랑 게 더 효력이 좋다. 유정은 범녀가 본호랑의 눈썹을 한 올씩 뽑아 특수 안경을 만들었고, 그걸로 사업할 때 사람을 가려내는 데 사용하면서 결과적으로 큰 부를 축적하게 되었다고 했다. 또한 렌즈가 발명되었을 때 호랑족도 안경을 렌즈 형태로 바꾸었다.

"이걸 끼면 그 사람의 실체가 보인단다. 내가 이걸 낀 날 도호를 봤어. 둔갑을 했지만 분명 도호였어."

"도호를 어디서 봤는데요?"

범녀의 거짓말이 지긋지긋했지만 가을은 자포자기하는 심정으로 물었다.

"너를 만나러 왔는데 이 근처에 검은 기운이 가득한 이가 눈에 띄었어. 검은 기운은 나를 해치는, 그래서 거리를 둬야 하는 걸 알려 주지. 쫓아가 보니 그 사람 안에 도호가 있었어. 아무리 그 녀석이 둔갑을 해도 나는 알 수 있어. 아마도 네 주변에 있는 듯하니 이걸 주마."

가을은 필요 없다고 말했지만 범녀는 렌즈를 가을의 손에 억지로 쥐어 줬다. 자신의 거짓말을 변명하기 위해 이렇게까지 하다니 어떤 면에서는 범녀가 대단하다고 생각됐다.

"주는 게 아니란다. 빌려주는 거지. 나중에 꼭 돌려줘야 해."

그럼 그렇지. 가을은 일단은 렌즈를 받았다.

가을이 차에서 내리는데 범녀는 다시 한번 호랑이 눈썹은 호랑족에게 중요한 물건이니 꼭 돌려줘야 한다는 걸 강조했다. 그럼 빌려주지를 말든가. 가을은 계속 속으로 투덜거렸다.

자인이 가을을 따라오며 말했다.

"정말로 범녀 님은 도호를 해치지 않았어요. 그건 소문일 뿐이라고요. 그때 도호는 제 발로 떠났답니다."

자인이 거짓말하는 거 같아 보이진 않았다. 하지만 범녀와 자인 둘 다 믿을 수 없는 상대이긴 마찬가지다.

"앞으로 찾아오지 마세요. 하실 말씀 있으면 만만통 통해서 전해 주세요."

가을은 훈련을 하고 돌아와 피곤한데 둘 때문에 더 피곤해졌다. 그래, 조금만 더 견디자. 령이 돌아오면 현명하게 저 둘을 상대할 수 있을 테니까.

집으로 들어온 가을은 가방에서 범녀에게 받은 상자를 꺼냈다. 이걸 쓸 일은 없을 거다. 서랍을 열어 호랑이 렌즈를 깊숙이 넣었다.

도호

가을은 눈을 감고 구슬을 떠올렸지만 구슬은 또렷해지지 않고 점점 흐려지기만 했다. 옆에서 진이 잘되고 있냐고 물었다.

"다시 한번 해 볼게요."

오늘따라 가을은 훈련에 집중을 하기 어려웠다. 왜 자꾸 범녀의 말이 신경 쓰이는 거지? 범녀가 거짓말한 게 분명하다고 생각하면서도 왠지 찜찜했다.

아무래도 범녀가 준 렌즈를 받지 말 걸 그랬나 보다. 렌즈를 받은 이후로 자꾸 마음이 싱숭생숭했다. 그냥 당장 찾아가서 돌려줄까?

가을의 머릿속에 자꾸 딴생각이 들었고 구슬이 완전히 사라져 버렸다.

"오늘은 그만하는 게 좋겠구나."

가을이 계속 집중을 하지 못하자 진이 먼저 훈련을 그만하자고 했다. 가을도 그게 좋을 것 같았다.

"무슨 일 있니?"

"아, 그게 말이에요."

가을은 고민 끝에 범녀 이야기를 꺼냈다.

"자꾸 도호가 살아 있다고 우겨요."

"어떻게 자기가 없애 놓고 그럴 수 있는 거지?"

웬만하면 화를 내지 않는 진이 범녀 이야기에 부들부들 떨었다. 이래서 가을이 진에게 범녀 이야기를 하지 않으려고 한 거다. 휴도 범녀 이야기를 하는 걸 싫어했다. 비록 도호가 야호를 해쳐 구슬을 뺏었지만 한때 휴와 도호는 친한 친구였으니까. 휴가 갖고 있는 도호에 대한 감정은 한마디로 정의하기가 어려워 보였다. 진도 그럴까. 도호 이야기를 꺼내자 진의 표정이 평소와 달랐다. 슬픈 듯도 보였고 안타까워 보이기도 했다.

"가을아, 범녀를 조심해야 해."

"언니가 좀 혼내 주면 안 돼요?"

가을이 진의 팔을 잡고 어깨에 기대며 말했고 진이 웃으며 "그럴까?"라고 대답했다. 진은 이제 가을의 구슬 발현이 반 정도 진행되었다고 했다.

"아무래도 빨리 령이 돌아와야겠어."

"그러게 말이에요!"

진은 가을에게 삼계탕을 만들어 주었다. 가을이 잘 먹어야 한다며 진은 올 때마다 영양가 높은 음식을 해 준다.

"오늘도 영어 학원 가세요?"

식탁 위에 영어 회화 책이 있기에 물었다. 진은 공부하는 게 쉽지 않다며 지금 세상은 배울 게 너무 많다고 했다. 며칠 전 가을은 진이 외국인과 대화하는 걸 우연히 봤다. 진은 이제 기초반이라고 했지만 너무 능숙하고 자연스럽게 영어를 했다. 모르는 사람이 봤다면 외국에서 꽤 오래 산 사람이라 해도 믿을 정도였다. 진은 뭐든지 배우는 게 빠른 걸까?

"가을아, 죽도 먹을래?"

"네. 주세요."

진은 찹쌀을 풀어 만든 죽을 가을 그릇에 가득 덜어 주었다.

"와, 죽도 너무 맛있어요."

"아이고, 아가. 천천히 먹어."

진은 가을에게 따뜻한 물을 따라 주었다. 가을은 진과 있는 게 편안하고 좋았다. 참 신기한 일이다. 진과 알게 된 지 얼마 되지 않았지만 오래전부터 알던 사이마냥 편하다. 가을은 진과의 만남을 통해 관계는 양이 아니라 질이라는 것을 다시 한번 깨달았다.

'내가 바보다, 바보.'

가을은 주먹으로 제 이마를 콩콩 쳤다. 오늘이 벌써 일곱 번째 헛걸음이다. 범녀에게 놀아난다는 걸 알면서도 이래야 하다니. 자인은

179

도호와 가까웠다는, 도호 지지파 호랑에 대해 알려 줬다. 그들을 조사해 보면 도호의 흔적을 찾을 수 있을지도 모른다며 제발 가을에게 만나 달라고 했다. 자인뿐만 아니라 범녀 지지파 호랑들이 계속 같은 이유로 가을에게 연락했다. 결국 가을은 도호 지지파 호랑들을 만나러 다녔다. 어쨌든 원호로서 호랑족이 가지고 있는 의문을 해결해야 하니까.

하지만 가을은 호랑들로부터 아무 정보도 얻지 못했다. 도호와 친했다는 이들 모두 천이백 년 전쯤 도호가 사라진 이후 도호를 본 적이 없다고 했다.

오늘 자인이 알려 준 마지막 호랑까지 만났지만 이렇다 할 정보는 없었다. 대신 도호가 어떤 호랑이었는지 조금이나마 알 수 있었다.

"도호 님이 계셨다면 세상이 달라졌을 거예요."

"그게 무슨 뜻이죠?"

"도호 님은 우리가 범에서 호랑족이 된 이유를 동물을 지키고 보호하기 위해서라고 생각했으니까요. 도호 님이 계실 때 호랑족이 관직에 많이 올랐던 것도 그런 역할을 하기 위해서였습니다. 그에 반해 범녀는 오로지 자기 부를 축적하는 데에만 관심 있죠."

오늘 만난 호랑뿐만 아니라 도호를 지지하는 호랑들은 하나같이 도호가 사라진 것을 안타깝게 여겼다. 가을은 도호 지지파 호랑들을 만나고 나니 도호에 대한 휴의 마음이 약간은 이해가 되었다. 집으로 가고 있는데 진에게 연락이 왔다.

> 가을아, 몸은 좀 괜찮니?

가을은 오늘 호랑들을 만나러 가느라 훈련을 쉬었다. 범녀에게 휘둘리는 것처럼 보이고 싶지 않아 진에게는 몸이 좋지 않다고 거짓말을 했다. 내일부터 훈련을 할 수 있다며 일찍 가겠다고 답을 보냈다.

집으로 돌아온 가을이 쉬고 있는데 유정에게 전화가 왔다.

"나 오늘 새로운 호랑족 만났어. 본호랑이라는데 계속 외국에서만 살았나 봐. 아예 호랑족이랑 연락도 안 하고 살았대. 그래서 나랑 현이를 알아보고는 얼마나 반가워했는지 몰라."

유정은 또 호랑족 이야기다. 가을은 유정이 만난 호랑족이 별로 궁금하지 않다. 유정이 호랑족 이야기를 하면 은근히 걱정이 되기도 한다. 이러다가 유정이 그들과 지내는 게 너무 재밌어 영영 돌아오지 않을까 봐.

"암스테르담에 동물보호단체 본부 있는 거 알지?"

"그래? 들어 본 것 같기도 하고."

가을은 심드렁하게 대답했다.

"그 단체에서 일하고 있더라고. 그런데 그 호랑이 그러는데 사실 단체를 만든 게 도호라는 거야."

"누구? 도호?"

가을은 잘못 들었나 싶어 다시 물었다.

"도호랑 진이 같이 그 단체를 만들었대."

181

"무슨 소리야? 그 단체가 생긴 지 얼마나 됐지?"

가을이 검색해 보니 1971년에 생긴 단체다. 그렇다면 진이 최근까지 도호와 함께 활동했다는 건데, 이게 말이 되나? 도호가 살아 있다는 것도 믿기 어려운데 심지어 진과 함께였다고? 진은 분명히 도호가 범녀 때문에 죽었다고 했다.

"현이도 지금 엄청 혼란스러워 해. 그 호랑이 잘못 알고 있는 걸까?"

유정이 만난 호랑족은 도호가 정체를 숨기고 싶어 하는 것 같아 일부러 자신이 호랑인 걸 밝히지 않았다고 했다.

"진이 확실하대?"

"응. 본호랑이라 진을 알고 있더라고."

"그럴 리가 없는데."

가을은 갑자기 두통이 와서 전화를 끊었다.

진이 천 년 간 잠들었다는 말은 거짓말이었나? 도대체 왜 그런 거짓말을 했지? 도호를 보호하기 위해? 지금 도호는 어디에 있는 거야? 설마 도호가 아직 살아 있는 건가?

가을은 진과 나누었던 말을 하나하나 떠올려 보았다. 심장이 미친 듯 뛰었다. 진은 왜 가을 앞에 나타난 걸까? 핸드폰을 열어 진의 연락처를 찾았다. 그래, 진에게 직접 물어보는 게 나을 거야. 가을은 통화 버튼을 눌렀다.

김치찌개와 갈비찜 냄새가 온 집 안에 진동했다. 할머니가 수수를 위해 한식 상차림을 준비 중이다. 오늘 수수가 한국으로 돌아온다. 가을은 수수에게 한국으로 와 달라고 부탁했다. 수수가 싫다고 할 줄 알았는데 웬일로 곧바로 알겠다고 했다. 지금 리조트가 문을 닫아 시간이 괜찮다고 했다.

엄마와 선이 공항으로 수수를 마중 나갔다. 현관문이 열리며 엄마와 선과 함께 수수가 집으로 들어섰다.

"수수 님!"

가을은 너무 반가운 나머지 수수에게 달려가 안겼다. 차가운 수수가 저리 가라고 할 줄 알았지만 어쩐 일인지 가을을 꼭 안아 주었다. 일 년 반 만에 만났지만 그동안 영상통화를 워낙 자주 해서 헤어진 지 오래되지 않은 것 같았다. 수수는 그대로였다. 아무리 사진으로 보고 영상으로 봐도 이렇게 직접 만질 수 있어야 진짜다.

"인사는 여기까지."

수수가 삼 초 만에 가을을 떼어 냈다. 역시 수수는 수수다.

식탁에 할머니와 엄마, 가을, 수수, 선까지 둘러앉았다. 선은 종종 가을네 가족과 함께 식사를 했는데 수수가 있어서 그런지 평소보다 긴장을 많이 한 것 같았다. 집 안이 덥지도 않은데 계속 땀을 흘려 엄마가 손수건을 건넸다. 선이 할머니를 처음 만날 때도 저리 긴장하지 않았던 것 같은데 수수가 대단하긴 대단한가 보다.

가을은 엄마가 일부러 선을 데려왔다는 걸 알아차렸다. 수수에게 선이 어떤지 봐 달라고 부탁한 것 같다. 엄마가 선을 믿지 못해서가 아니라 자신의 선택이 옳다는 것을 수수를 통해 다시 한번 확인하고 싶은 마음 때문이리라. 가을은 수수에게 잘 보이고 싶어서 긴장한 선이 조금 귀엽게 느껴졌다.

"역시 사월이 음식 솜씨는 최고라니까. 사월아, 나랑 같이 모리셔스 갈래? 우리 리조트 한식 파트 맡아 줘. 요즘 한식이 세계적으로 뜨고 있어서 우리 리조트에도 한식 레스토랑을 낼 계획이거든. 내가 최고 요리사급으로 대우해 줄게. 응?"

"최고 대우면 어느 정도?"

할머니가 거절할 줄 알았는데 최고 요리사급이라는 말에 혹했는지 근무 조건을 물었다.

"할머니, 가긴 어딜 가? 그럼 나는 어쩌고?"

가을이 얼른 할머니와 수수의 대화에 끼어들었다.

"가을이 너도 같이 가면 되잖아. 설마 네 엄마 신혼집까지 따라가려는 건 아니지?"

수수의 말에 선과 엄마가 동시에 밥을 먹다가 캑캑거렸다. 엄마는 아직 선과 결혼할 결심을 하지 못한 상태인 줄 알았는데 그게 아닌가? 가을은 엄마를 조금 더 놀려 주고 싶었다.

"어머, 수수님. 우리 세 모녀는 떨어져 산 적 없어요. 당연히 셋이 같이 살아야죠. 그렇지, 할머니?"

할머니도 가을의 의중을 눈치챘는지 "그럼, 당연하지." 하고 대꾸했다.

"당연히 어머님과 가을이도 함께 살 겁니다!"

선이 묻지도 않았는데 큰 소리로 대답했고 가을과 할머니는 그럴 마음이 손톱만큼도 없다며 걱정하지 말라고 했다.

"그런데 하송이는 결혼하기로 결심한 거야?"

수수가 엄마에게 물었고 엄마는 그건 아니라고 했다. 엄마는 아직도 고민 중이라고 말했고, 선은 언제까지든 기다릴 수 있으니 편하게 생각해 보라고 말했다. 그런 둘을 할머니는 만족스러운 눈으로 바라보았다.

저녁 식사 후 선이 사온 약과 쿠키까지 먹고 나니 아홉 시가 훌쩍 넘었다. 수수가 한국에서 지내는 집으로 가기엔 시간이 꽤 늦었다. 할머니와 엄마는 수수에게 자고 가라고 했다. 가을은 유정에게 연락해 수수가 유정의 침대에서 자도 되느냐고 허락을 구했다. 유정은 당연히 그래도 된다며 자기도 수수를 직접 만나고 싶다고 난리였다. 가을과 달리 유정은 수수의 모든 것을 동경했다.

수수가 씻고 나서 방으로 들어왔다. 가을은 유정이 떠난 이후 혼자서 자다가 누군가 함께 자려니 어색하기도 했고 설레기도 했다.

"방이 참 작구나. 침대도 작고."

수수가 침대에 누우며 말했다. 수수의 한국 집도 컸는데 모리셔스 집은 몇 배는 더 크다고 들었다.

"그래도 아늑하구나."

"다행이네요."

가을은 그 말에 안심하며 불을 끄고 침대에 누웠다.

"고향에 오니까 좋긴 하네."

수수는 근 백 년 동안은 한국에서 지낸 시간보다 외국에서 지낸 시간이 더 길었다. 수수는 새로운 사람을 만나고 새로운 경험을 할 때 살아 있음을 느낀다고 그랬다. 그렇지만 익숙한 것이 그리울 때가 있다며 대부분의 야호들이 언제나 그대로라 다행이라고 말했다.

"진은 내일 만나면 되는 거지?"

"네."

가을은 진이 도호에 대해 거짓말을 하는 것 같다며 수수에게 진을 만나 달라고 부탁했다. 진은 도호가 살아 있다는 것을 가을에게 숨기고 싶어 한다. 전에도 가을이 물었을 때 단호하게 도호가 세상에 없다고 했다. 수수라면 꼬치꼬치 진에게 따져 물을 수 있다. 수수와는 함께 옷을 사러 가고 싶지는 않지만, 옷을 바꾸러 갈 때는 같이 가고 싶다.

"아, 진 만나기 불편한데."

수수는 진과 무슨 일이 있었는지 계속 진을 만나는 걸 꺼려 했다.

"설마 그게 언제 적 일인데……. 한번 만나 보지 뭐. 난 그만 자야겠으니 너도 자거라."

수수는 그 말을 하자마자 곧바로 잠들었다. 가을은 수수와 같은 방에서 자는 게 어색해서 잠이 오지 않을 것 같았다. 하지만 이내 잠들었다.

진은 수수를 보자마자 반갑다며 안았고 수수도 오랜만이라며 진을 반겼다.

"하도 안 나타나기에 난 네가 화석이 된 줄 알았어."

찻잔을 우아하게 든 수수가 말했다.

"그러기 전에 깨어났지. 수수, 너 아주 잘살고 있다는 이야기는 들었어."

"내 소문이 땅속까지 난 거야?"

"그렇더라고."

이곳에 오기 전 수수에게 마지막으로 진을 만난 게 언제냐고 물었다. 수수는 천오백 년 전 구슬 전쟁 때라고 했다. 천오백 년이 지나 만나도 저렇게 대화를 나눌 수 있다니. 둘은 마치 몇 년 만에 다시 만난 사이 같았다.

"그런데 왜 깨어난 거야?"

"언제까지 잠들어 있을 수는 없잖아. 다들 왜 그렇게 내가 깨어난 이유를 궁금해하는 거야? 꼭 내가 안 일어나길 바란 것 같잖아."

"너무 긴 시간 동안 네가 나타나지 않았잖아."

"하긴. 그러네."

진은 새로운 세상에 적응하느라 정신이 없다며 후후, 하고 웃었다.

"도움이 필요하면 언제든 연락 줘. 내 인맥이 미치지 않는 곳이 없거든."

수수의 말에 가을은 저도 모르게 고개를 끄덕였다. 수수를 통하면 전 세계 누구와도 만날 수 있을 것 같다. 작년에 유명 팝가수의 공연이 열렸는데, 예매창이 열리자마자 오 초 만에 매진이 되었다. 신우가 무척 좋아하는 가수라 가을도 속상했는데 수수가 초대권을 줘서 공연에 갈 수 있었다. 또한 만만통에 부탁하면 오래 걸리는 일도 수수를 통하면 빨리 해결할 수 있다. 이번에 휴가 한국에 갑자기 오게 되었을 때도 수수 덕분에 가을네 학교로 바로 전학을 올 수 있었다. 물론 도움을 받을 때마다 수수의 생색을 다 받아 줘야 하지만 그 정도는 참을 수 있다.

수수는 계속해서 다른 이야기만 하고 있다. 보다 못한 가을은 탁자 아래 발로 수수의 발을 쓱 밀었다. 수수와 진이 회포나 풀라고 이자리를 마련한 게 아니다.

"그런데 언제까지 학교에 있을 셈이야?"

수수는 진의 앞으로의 계획에 대해 물었다. 진은 새로운 세상을 배우기 가장 적합한 곳이 십 대들이 모인 학교 같다며 당분간 있을 거라고 대답했다.

"너, 시험 보기 싫어서 학생 대신 선생님 된 거지?"

수수의 말에 진이 들켰다며 깔깔 웃었다. 가을은 진을 쓱 쳐다봤다. 뭐야, 그런 이유였어?

진은 일이 있다며 먼저 가 보겠다고 했다. 가을은 당황해서 수수를 바라봤지만 수수는 그러라고 했다. 그러면 안 되는데. 아직 도호 이야기는 꺼내지도 못했는데.

진이 나간 후 가을은 수수에게 따졌다.

"뭐예요? 왜 제가 부탁한 걸 묻지 않아요?"

"다음에 물어보지 뭐."

하여튼 수수한테 부탁한 게 잘못이다. 기분이 상한 가을은 컵에 남은 얼음을 와그작와그작 씹어 먹었다. 진이 구슬 발현을 위해서는 차가운 걸 되도록 먹지 말라고 했는데 도저히 참을 수가 없었다.

"그만 가자."

수수는 별 다른 말없이 카페에서 나와 한참을 걸었다. 둘은 아무도 없는 골목길에 들어섰고 갑자기 수수가 자신과 가을 주변에 결계를 쳤다. 지나가는 사람 누구도 결계 안을 볼 수도 소리를 들을 수도 없다. 가을은 갑자기 수수가 왜 이런지 알 수 없었다.

"진은 거짓말을 하지 않았어."

"어떻게 알아요?"

수수가 가을 앞으로 한 발짝 더 가까이 다가와 말했다.

"쟤 자체가 거짓이거든. 진이 아니야."

"구슬이 어느 쪽으로 합쳐질지 몰라.
기운이 더 강한 쪽으로 움직일 거야."

4부   최초의 구슬
VS
최초의 구슬

호랑이 눈썹

　수수는 누군가 진으로 둔갑을 한 거라며 가짜라고 했다. 가을이 그럴 리가 없다며 말도 안 된다고 했지만 수수는 진이 아닌 걸 확신했다.

　"진이 날 순순히 만난다고 했을 때도 이상하긴 했어. 아무리 시간이 지났어도 진이 날 쉽게 용서할 리가 없단 말이야."

　"둘이 무슨 일 있었어요? 혹시 싸웠어요?"

　수수는 말하는 걸 주저했고 가을이 계속 묻자 결국 털어놓았다.

　"내가 인간의 시간을 살았던 적이 있다고 했지."

　가을이 둔갑을 하여 고등학교에 입학했을 때 수수가 그 이야기를 해 줬다.

　"원래 나는 진과 사이가 좋았어. 진은 야호족과 아주 가까웠거든. 진은 내가 인간처럼 둔갑하는 걸 반대했고 그 일로 우린 크게 다퉜지."

"겨우 그 일 때문이에요?"

가을은 진이 너무 오래전 일이라 잊었을 거라며 대수롭지 않게 말했다. 하지만 수수는 뭔가 더 할 말이 있는 것 같았다.

"그게 다가 아닌 거죠?"

"진이 계속 날 말렸어. 인간과 계속 만나면 내가 야호라는 걸 그이와 가족들에게 다 알려 버리겠다고 했어. 그래서 어쩌."

"탐라국으로 도망친 거죠?"

"그 전에 우선 진을 해결해야 했어."

수수는 진을 곰으로 변하게 유도한 후 일부러 사람들을 불러 사냥당하도록 두었다고 했다.

"어떻게 그럴 수가 있어요? 잘못하면 진이 죽을 수도 있잖아요."

"진이 그 정도로 죽을 거라 생각하지 않았어. 최초 구슬을 갖고 있는 자가 그렇게 쉽게 죽을 리 없잖아. 당연히 진은 무사히 도망쳤지. 이건 나와 진만의 비밀이야. 아무도 이 일을 몰라. 나도 오늘 처음 너에게 이야기하는 거야."

진 역시 누구에게도 그 일을 이야기하지 않은 것 같았다.

"그 이후로 진을 만나지 않았어요?"

"구슬 전쟁 때 두 번인가 마주칠 뻔했는데 내가 피했어."

가을이 진이었어도 수수를 쉽게 용서하지 못했을 거다.

"하지만 진이 아닐 리가 없어요. 진은 최초 구슬을 가진 자만이 가능한 능력이 있어요."

지난번 가을이 투명하게 둔갑해 휴를 미행했을 때 진은 가을의 3단계 둔갑을 쉽게 풀었다. 또한 가을이 진의 물건을 만졌을 때 이상한 점이 없었다.

"그렇다면 진으로 둔갑했을 뿐만 아니라 진의 최초 구슬마저 뺏었을 거야. 최초 구슬을 이용해서 위장막을 치면 네 최초 구슬이라도 그 안에 든 게 뭔지 알 수 없지."

"그럼 진이 제거됐다는 거예요?"

"모르지 그건. 가짜 진에게 다른 이상한 낌새 없었어?"

"왜요?"

"아휴, 답답아. 둔갑한 진이 왜 너에게 접근했겠어? 진의 최초 구슬을 빼앗았다면 다음 차례는 누구겠니? 바로 너잖아."

수수는 둔갑한 진이 가을의 최초 구슬을 노리는 게 분명하다고 말했다.

"그럴 리가 없어요."

혼란에 빠진 가을이 중얼거렸다. 그렇다면 령을 살릴 수 있다는 건 모두 거짓말인 걸까? 가을은 이해되지 않았다.

"가짜 진도 최초 구슬을 가지고 있잖아요. 이미 있는데 왜 제 것까지 탐을 내겠어요?"

"나뉘진 두 개가 하나로 모이면 더 큰 힘을 얻을 수 있으니까. 너, 뭔가 숨기는 거 있지?"

수수는 계속 가을을 추궁했고 결국 진과 하고 있는 일에 대해 털어놓았다. 다 듣고 난 수수가 길길이 날뛰었다.

"너, 바보니? 세상에. 어떻게 그걸 믿을 수가 있어? 령이 널 살린 건 네 숨이 끊기기 직전이라 가능했어. 최초 구슬로 죽은 이를 되살릴 수는 없어."

"하지만 진이 가능하다고 했어요."

"그건 널 속이려고 그런 거고."

"그럼 최초 구슬을 분리할 수 없는 거예요?"

"아니. 최초 구슬은 구슬 발현 시기가 아니더라도 분리가 가능해. 그런데 구슬 발현 시기가 아닐 때는 구슬이 합쳐진 상태로 존재해서 구슬마다 분리해서 움직일 수가 없다고. 그러니까 평소에는 최초 구슬만 분리시켜 움직일 수 있는 게 아니라 네가 가진 구슬이 몇 개든 하나가 된 상태로 통째로 움직이는 거야. 최초 구슬을 내놓는다는 건 네 구슬 전부를 내놓는 거라고. 구슬을 잃으면 너는 더 이상 야호가 아니야."

"그게 무슨?"

"구슬을 분리해서 뺏기면 너는 그냥 인간이 되는 거라고."

가짜 진은 당연히 이런 사실은 알려 주지 않았다. 가을은 큰 충격을 받았다. 령을 살린다는 것도 거짓말인 데다 구슬 전부를 잃을 뻔했다. 무엇보다 진이 가짜라는 걸 믿을 수가 없었고 믿고 싶지 않았다. 진이 아니라고? 다 거짓말이라고? 그럴 리가 없다. 가을은 령에게 받았던 사랑을 비슷하게 진에게 받았다. 그런데 그게 거짓이었다니.

가을은 넋이 나간 사람처럼 멍하니 있었고 수수가 정신 차리라며 두 손바닥으로 가을의 양 볼을 잡았다.

"너는 야호랑의 리더야. 둔갑한 진이 누군지 밝혀야 해. 그래야 너에게 접근한 목적을 더 정확히 알 수 있다고."

수수는 손바닥으로 찰싹하고 가을의 양 볼을 때렸다.

보이긴 뭐가 보인다는 거야? 가을은 범녀가 빌려준 호랑이 눈썹 렌즈를 끼고 나왔는데, 사람들이 있는 그대로 보일 뿐이다. 또 범녀에게 속은 건가.

가을은 학교 앞 버스 정류장에서 신우를 만났다. 등교 시간까지 여유가 있어 함께 손을 잡고 천천히 걸었다.

1학기가 끝나 갈 즈음이 되자 가을은 더 이상 고등학교가 낯설지 않았다. 이제 어느 정도 고등학교에 적응했다. 처음 입학할 때만 하더라도 중학교와는 완전히 다른 세계처럼 느껴졌다. 고등학교는 중학교에서 한 계단 성큼 올라선 것만큼 차이가 있지만 사실 두 계단은 서로 이어져 있다. 처음에는 고등학생으로 지내는 게 힘들었지만 이제는 고등학교에 오길 잘했다는 생각이 든다.

"신우야, 네 덕분에 고등학교에 올 수 있었던 거 같아."

"나야말로 네가 있어서 학교에 적응할 수 있었어. 널 만나기 전에 내 삶이 밤이었다면 널 만난 후로는 낮이야. 고마워, 가을아."

가을이 마음을 드러내면 신우도 자신의 마음을 그대로 표현한다. 가을은 신우와 자기 사이가 의좋은 형제 같다는 생각이 들었다. 동생을 걱정한 형은 밤에 몰래 동생에게 벼를 가져다주고 동생 역시 형을 걱정해 벼를 가져다준다. 둘 다 똑같은 행동을 반복하면서 벼는 줄지도 늘지도 않는다. 그다음 날, 두 형제는 벼를 든 채 서로 마주치고 나서야 벼가 그대로인 까닭을 알게 된다.

가을이 어렸을 때 할머니가 이 이야기를 들려주었다. 그때 가을은 형제가 괜한 일을 벌였구나 싶었다. 하지만 아니다. 따스한 마음을 가진 형제는 벼가 몇 배로 늘어난 것보다 더 큰 기쁨을 얻었다. 마음이 기쁘면 만사가 형통한 법이다. 신우와 함께 있으면 가을은 뭐든 더 잘하고 싶고 더 잘할 수 있을 것만 같았다.

여름 방학이 얼마 남지 않았고 가을은 신우에게 방학 계획을 물었다.

"방학에도 학원 계속 다니는 거지?"

"응. 그러려고."

얼마 전 치른 기말고사에서 가을은 성적이 오르지는 않았지만 다행히 떨어지지는 않았다. 신우는 성적이 더 오른 것 같았다. 그동안 열심히 한 게 결과로 나타났다. 신우가 방학에도 매일 학원에 가면 만날 시간이 없을 텐데. 가을은 내심 아쉬웠지만 티를 내지 않았다.

"참, 나 이번 방학부터 체력 훈련하려고."

"체력 훈련?"

"공군사관학교 시험 볼 때 체력 점수도 들어간대. 달리기랑 윗몸 일으키기, 팔 굽혀 펴기를 테스트 하는데 미리 체력 키워 두는 게 좋다고 해서. 만나서 같이할래? 나 도와줄 수 있어?"

"당연하지."

가을이 반색하며 대답했다. 훈련이라면 가을이 전문이다. 구슬 전쟁을 앞두고 수수와 했던 훈련부터 최근에 가짜 진과 했던 훈련까지, 가을은 신우를 위한 맞춤 훈련 시간표를 짜서 조련할 자신이 있다. 훈련은 무턱대고 하는 것보다 계획을 세워서 체계적으로 해야 한다. 가을의 머릿속에 신우를 위한 체력 훈련 방법이 떠올랐다. 하지만 가을이 받았던 대로 하면 신우가 질려서 도망갈 테니 가을이 했던 강도의 반의 반의 반 정도만 해야겠다고 다짐했다.

"가을아, 근데 너 무슨 고민 있어?"

"아, 그게……."

숨긴다고 숨겼지만 신우가 눈치챘나 보다. 진으로 둔갑한 게 누구인지, 가을에게 접근한 목적이 무엇인지 아직까지 밝혀내지 못했다. 지금은 해결을 하는 중이다. 신우를 걱정시키고 싶진 않지만 신우에게 거짓말하고 싶지도 않았다.

"끝나면 말해 줄게."

가을은 신우의 눈을 바라보며 진심을 다해 말했고 신우는 "응."이라고 말하며 고개를 끄덕였다. 신우의 눈빛에는 신뢰가 가득 담겨 있다. 신우는 전적으로 가을을 믿어 주는 사람이다. '좋아한다'와 '믿는다'는 동의어가 아니다. 좋아하지만 믿지 않을 수도 있다. 그런데 신우는 가을에게 둘 다를 해 준다.

순간 신우가 부드럽고 화려한 황금색 털의 골든 리트리버로 보였다. 가을은 눈을 몇 번 더 깜박였고 신우와 강아지가 계속 겹쳐 보였다. 신우는 주인에게 충성을 다 하는 순하고 순한 강아지 같은 사람임을 알 수 있었다.

신우와 함께 교실로 들어왔다. 반 아이들이 동물과 겹쳐서 보였다. 반장은 부지런한 닭이지만 가을과 잘 맞지 않는지 주변에 희미하게 검은색 연기가 보였고, 가을에게 먼저 인사를 건넨 또 다른 친구는 새인데 신우처럼 금색을 띠었다. 이런 게 다 보이고 느껴지다니 호랑이 눈썹 렌즈가 무척 신기했다.

조회 시간을 알리는 종이 울렸고 잠시 후 가짜 진이 들어왔다. 가짜 진에게 시커먼 기운이 마구 뿜어져 나왔다. 가을이 절대로 가까이 하면 안 된다는 느낌이 저절로 들었다. 눈을 여러 번 깜박이자 진이라는 껍데기 안에 있는 자가 누군지 드러났다. 인선을 닮은 하얀 얼굴에 짙은 눈썹을 한 남자에게 매서운 눈을 한 범이 겹쳐 보였다. 바로 도호였다.

도호를 만나기 전 가을은 평정심을 유지하려고 최대한 노력했다. 가짜 진이 알려 주는 대로 훈련을 잘 받고 오자. 다른 생각은 하지 말자. 오직 훈련에만 집중하자.

잠시 후 벨을 눌렀다. 진으로 둔갑한 도호가 문을 열어 주었다. 도호가 가을의 팔을 잡으려고 해서 가을은 자연스레 들고 온 수제 양갱이 든 봉투를 내밀었다.

"언니, 이거요. 간식으로 드시라고요."

도호가 고맙다고 말하며 봉투를 받아 든 후 주방 식탁 위에 올려 두었다. 가을은 도호와 함께 거실 바닥에 마주보고 앉았다.

"그래. 이제 어느 정도 보이니?"

"한 팔십 퍼센트 정도요? 이제 색이 많이 진해졌어요."

"그렇구나. 조금 더 집중해 보자. 구슬이 완전히 진해져야 분리가 가능해."

"네. 해 볼게요."

가을은 눈을 감고 구슬을 생각하는 척했다. 지금쯤 수수와 휴, 유정은 어디에 있을까? 진짜 진을 찾았나?

가을은 당장이라도 자신의 최초 구슬을 이용해 진으로 둔갑한 도호의 둔갑을 풀고 싶었다. 하지만 아직 가을은 도호만큼 최초 구슬을 다룰 줄 모르기에 역효과만 날 수 있다. 수수는 도호의 정체를 밝히기 위해서는 진짜 진을 찾아야 한다고 말했다. 그래야 가짜 진이 도호임을 증명할 수 있다.

수수는 당장 휴에게 한국으로 들어오라고 연락했고, 이 사연을 알게 된 유정도 돕겠다며 돌아왔다. 지금 수수와 휴, 유정은 진짜 진을 찾으러 갔다. 가을도 이들과 함께하고 싶었지만 가을이 할 일은 따로 있었다.

그동안 가을은 도호에게 계속 속고 있는 척을 해야 한다. 행동만 그런 게 아니라 마음이 담긴 물건에도 그래야 한다. 도호도 가을과 비슷한 능력을 가지고 있기에 가을은 자신이 지닌 모든 물건, 신발과 옷, 그리고 아까 도호에게 준 양갱 봉투에도 구슬 발현을 간절히 바라는 모습을 심어 두었다.

도호에게 속았다는 걸 알게 된 후 가을은 계속 자책했다. 처음에 수수는 도호에게 속절없이 속은 가을에게 크게 화를 냈지만, 곧 작정하고 속이려고 한 도호의 잘못이라며 가을에게 그만 스스로를 탓하라고 했다. 물론 수수는 자기가 한국으로 오지 않았으면 어쩔 뻔했느냐며 있는 생색 없는 생색을 다 내고 있다.

도호는 계획적으로 가을에게 접근했다. 생각해 보면 길에서 우연히 여러 번 만났던 것도 우연이 아니었을 가능성이 크다. 가을을 만나기 전부터 가을을 따라다니며 관찰한 게 분명하다. 그리고 담임이되어 또 진이 되어 유정과 휴가 없는 빈자리를 적절하게 채워 주었다. 결국 가을이 자신을 믿게 만들었다. 가을은 도호가 설계한 그물에 걸렸다. 그물에 걸린 걸 알았다면 방법은 하나뿐이다. 이제 가을은 그물에서 빠져나오면 된다. 가을은 도호 모르게 그물을 찢는 중이다.

도호와의 훈련을 마친 가을은 집으로 돌아왔다. 여름 방학이 시작되고 수수 일행이 진을 찾으러 떠난 지 이 주가 되어 간다. 학교에 가지 않기에 오전에는 도호를 만나 구슬 발현 훈련을 하고 저녁에는 신우를 만나 공원에서 달리기를 하고 있다. 신우를 위한 체력 훈련이 가을에게 더 도움이 되고 있다. 도호와 진짜 진에 대한 생각으로 머리가 터질 것 같은데, 숨이 목까지 차오르도록 달릴 때면 아무 생각도 나지 않았다.

진짜 진을 찾는 것을 마냥 기다리는 건 쉽지 않았다. 진이 잠들어 있을 만한 곳은 총 스무 곳이다. 웅녀가 최초 구슬을 진에게 주면서 신단이 있는 깊은 산에 진이 지낼 곳을 마련해 두었다. '진의 방'이라고 불리는 곳으로 우리나라뿐 아니라 중국과 러시아까지 흩어져 있다.

매일 밤이 되면 유정에게 연락이 온다.

오늘도 못 찾았음

이 문자만 보면 가을은 기운이 죽 빠져 온몸이 녹아내릴 것만 같다. 진짜 진은 행방이 묘연하다. 도호가 진짜 진을 없앤 게 아닐까 걱정이 되었다. 도호는 왜 가을의 최초 구슬을 노리는 것일까? 도호는 왜 더 강한 힘을 얻으려는 걸까?

가을은 구슬을 떠올리다가 도호를 생각했다. 담임 선생님으로 진으로 둔갑한 도호와 많을 대화를 나눴다. 그 기억 속에 진짜 진에 관한 단서가 있을까. 도호의 집을 드나들며 혹시나 싶어 물건들을 틈틈이 만져 보았지만 이미 도호가 결계를 쳐 둔 탓에 의미 없는 장면들 밖에 보이지 않았다.

도호의 말에 왜 감쪽같이 속은 걸까? 범녀에게 속았을 때는 화가 났지만 이번에는 속이 상했다. 도호와 함께 있을 때면 진이 아니라는 걸 알면서도 순간 진이라고 믿고 싶기도 했다.

정신 차려. 진이 아니야. 도호라고, 도호!

가을은 자신의 어리석음을 탓했다. 자칫하면 령에게 받은 최초 구슬을 뺏길 뻔했다. 잡생각이 계속되자 최초 구슬이 점점 옅어지는 게 느껴졌다.

'진, 진짜 당신은 어디에 있는 거예요?'

가을은 눈을 감은 채 도호가 아닌 진짜 진을 떠올렸다. 한 번도 만나 본 적은 없지만 휴와 수수에게 들었던 진을 상상했다.

살아 있어요? 도대체 도호가 당신에게 무슨 일을 저지른 거예요? 왜 최초 구슬을 뺏겼어요? 나, 너무 두려워요. 도호를 상대하지 못할까 봐요.

가을의 뺨에 눈물이 흘러내렸고 순간 잠들어 있는 진의 모습이 스쳐 지나갔다. 진을 감싸고 있는 건 주목 나무다.

가을은 휴에게 전화를 걸었다.

"휴, 진의 방 중에서 주목 군락지 있어?"

"어, 주목이 많은 곳은 태백산이랑 소백산인데."

며칠 전 갔던 태백산 진의 방은 비어 있었다고 했다. 휴는 지금 있는 곳이 소백산과 멀지 않다며 곧바로 가 보겠다며 전화를 끊었다.

원래 벽걸이 시계 초침이 이렇게 느리게 움직였던가? 가을은 시간이 흐르는 걸 고스란히 느낄 수 있었다. 1초, 2초, 3초……. 초 단위로 시간이 느릿느릿 가고 있다. 시간은 늘 상대적이다. 기쁘고 행복할 때는 시간이 빨리 흐르지만 반대의 경우에는 느림보도 이런 느림보가 없다.

수수와 휴, 유정은 소백산으로 잘 가고 있을까? 그곳에 진이 있는 게 맞을까? 바삐 움직이고 있을 친구들을 생각하니 구슬에 집중이 되지 않을뿐더러 아무것도 할 수가 없었다. 찰나가 영원처럼 느껴졌다.

가을은 잠시 봤던 진과 똑같은 자세를 취했다. 머리부터 발끝까지 바닥에 딱 달라붙어 있었는데 누워 있는 진은 꼼짝도 하지 않았다. 진이 숨을 쉬었던가? 잠들어 있다면 한 상태를 계속 유지할 수 있나? 가을은 혹여 진이 령처럼 영원히 잠든 게 아닌지 두려웠다.

그때 수수에게 전화가 왔다.

"진을 찾았어."

"정말요?"

"그런데 깨어나지 않아."

설마 가을이 두려워했던 상황이 벌어진 걸까? 가을은 침을 꿀꺽 삼킨 후 조심스레 진이 죽은 거냐고 물었다.

"그건 아니야. 도호가 수를 쓴 거 같아. 아무래도 가을이 네가 직접 와야 할 것 같아."

"당장 갈게요."

가을은 고민하지 않고 바로 대답했다. 멀리 떨어져서 수수 일행에게 아무 도움도 주지 못한다고 생각하니 손발이 묶인 것처럼 답답했다. 가을은 누구보다 진짜 진에게 물어보고 싶은 게 많았다.

진짜 진을 만날 것이다. 진짜 진을 깨울 것이다.

기다려, 진.

인간과 동물

소백산까지 엄마가 함께 가 주겠다고 했다. 가을이 수수와 휴, 유정이 있는 소백산에 가야 한다고 했을 때 엄마는 아무것도 묻지 않고 자동차 열쇠부터 챙겨 들었다. 할머니가 저녁을 먹고 가라고 했지만 지금 그럴 시간이 없었다.

"할머니, 우리 빨리 가 봐야 해."

"그럼 오 분만 기다려."

할머니가 밥솥을 열어 밥에 참기름, 들기름, 소금만 넣은 후 간단하게 한입 크기로 주먹밥을 만들어 도시락을 싸 줬다.

"다녀올게, 할머니."

"가을아."

집을 나서는데 할머니가 불렀다.

"조심히 다녀와. 알았지?"

"응. 걱정 마."

할머니에게 건네받은 도시락통을 챙겨 들고 엄마 차에 올랐다.

저녁 시간이라 고속도로에 들어서기까지 차가 막혔다. 가을은 유정에게 앞으로 두 시간쯤 걸린다고 문자를 보내 두었다.

"도대체 무슨 일이야? 수수랑 휴, 유정이 왜 소백산에 가 있어?"

"그게 있잖아, 엄마."

가을은 엄마에게 어디서부터 어디까지 이야기해야 할지 망설여졌다. 언젠가 엄마가 알게 될 일이고 매도 먼저 맞는 게 낫다고, 가을은 지금까지 있었던 일을 전부 이야기했다.

"너, 너, 너. 어, 어떻게 그, 그런……."

놀란 엄마는 말을 더듬고 숨소리까지 거칠어졌다. 가을은 컵 거치대에 있던 물통을 얼른 엄마에게 내밀었다. 물을 마시고 난 엄마는 후, 후 하고 숨을 여러 번 내쉬며 심호흡을 했다.

"너, 생각이 있어? 없어? 어떻게 그런 일을 나랑 할머니 상의 없이 하려고 한 거야? 그런데 령 님을 살릴 수 있는 것도 거짓말이고 구슬만 뺏길 뻔했다고?"

흥분한 엄마가 가을을 혼냈고 가을은 고개를 숙인 채 엄마 말을 가만히 들었다. 입이 열 개라도 할 말이 없었고 여기서 말대꾸를 하면 더 혼날 뿐이다. 이곳이 차 안이라 다행이다. 그나마 엄마가 운전 중이라 말로만 가을을 혼냈다. 아니었다면 등짝을 몇 대 맞고도 남았을 거다.

"거짓말인 걸 끝까지 몰랐으면 어쩔 뻔했어? 네가 구슬을 잃으면 나랑 할머니가 어떻게 사니? 상상만 해도 끔찍해. 정말 너무 기가 막혀서 말이 안 나온다."

"그래도 다행히 안 뺏겼잖아."

"지금 다행이라는 말이 나와?"

엄마가 버럭 소리를 질렀다. 소백산까지 가려면 두 시간을 가야 하는데 앞으로 두 시간 내내 엄마 잔소리에 시달릴 생각을 하니 머리가 지끈거렸다. 그때 무릎 위에 있는 도시락통이 보였다.

"엄마, 이거 먹어."

가을은 도시락통을 열어 할머니가 싸 준 주먹밥 하나를 꺼내 엄마 입에 갖다 댔다. 잔소리하던 엄마는 기름 냄새를 참지 못하고 입을 열었다. 엄마가 주먹밥을 먹었고 가을도 입에 하나 넣었다. 고소하다. 주먹밥을 먹느라 엄마의 잔소리가 멈췄다. 이럴 줄 알고 할머니가 주먹밥을 싸 준 건가 싶기도 하다.

"역시 할머니 주먹밥은 맛있어, 그치?"

"그래."

주먹밥 안에는 아무것도 들어 있지 않아 심심하게 느껴질 만도 한데 맛있다. 요즘과 달리 옛날에 음식 재료가 귀할 때는 소금 간만 해서 먹었다. 참기름과 들기름도 아주 귀했으니까.

시내를 벗어나자 교통 체증이 나아졌다. 도로가 뚫려서 조금씩 속도를 낼 수 있었다.

"미안해."

갑자기 엄마가 가을에게 사과를 했다.

"엄마가 왜?"

"내가 신경 못 써서 그런 거니까. 생각해 보니까 눈치 못 챈 내 잘못 같아."

"아냐, 엄마. 그게 왜 엄마 잘못이야?"

가을은 자기가 어리석어 그렇다는 말은 하지 않았다. 그러면 간신히 가라앉힌 엄마 화를 다시 돋울 것 같았다. 이상하게 화를 내는 엄마보다 미안해하는 엄마가 더 무섭다. 엄마가 이렇게 나오니 가을은 자기가 몇 배는 더 잘못한 것 같았다. 이것도 다 딸을 다루는 엄마의 전략인가? 나그네의 외투를 벗긴 건 바람이 아닌 태양이었다.

"엄마, 차라리 혼을 내. 그게 더 낫다."

"진짜 미안해서 그래. 원래 부모는 그래. 자식이 잘못한 게 다 자기 탓처럼 느껴져."

가을은 엄마 말을 알 것도 같으면서도 완전히 이해가 가진 않았다.

"엄마, 할머니가 그랬잖아. 문제없는 인생 없다고. 그러니까 문제를 해결하는 인생을 사는 게 더 중요하다고 말이야. 걱정 마. 내가 해결해 볼게."

"하여간 말이나 못하면."

엄마가 가을을 노려봤다.

"좀 자 둬. 도착하면 깨울게."

가을은 졸리지 않다고 했지만 엄마와 함께 있으니 그간 긴장했던 게 사라져 스르르 잠이 들었다.

소백산에 도착했을 때 주차장에 휴가 나와 있었다. 엄마는 휴를 보자마자 가을을 흉보았다. 애가 가짜 진에게 속아 무슨 짓을 저지를 뻔했는 줄 아느냐며 이미 휴도 알고 있는 걸 굳이 이야기했다. 주차장에서 진의 방이 있는 곳까지 일 킬로미터 떨어져 있다고 했지만 엄마에게 혼 아닌 혼을 나고 있으니 백 킬로미터처럼 느껴졌다.

주목이 빽빽이 늘어선 이곳은 가을이 구슬을 통해 본 곳과 같았다. 여기가 맞았다.

나무 사이에서 걸음을 멈춘 휴가 양팔을 위로 쭉 올린 후 천천히 나비 날개 모양을 그리듯 아래로 내렸다. 그러자 결계가 쳐진 입구가 나타났다. 휴를 따라 가을과 엄마도 그 안으로 들어섰다.

수수와 유정이 뒤돌아선 채 무언가를 살펴보고 있었고 가을도 그쪽으로 갔다. 평평한 바위 위에 진이 잠들어 있었다. 진짜 진이었다.

"완전히 똑같아."

도호가 둔갑한 진과 똑같은 모습이었다.

"나랑 수수가 깨워도 도저히 일어나지 않아. 아무래도 도호가 최초 구슬을 이용해 잠들게 해서 그런 것 같아."

휴가 말했다.

"내가 해 볼게."

가을은 모두에게 물러서라고 한 후 홀로 진에게 바짝 다가섰다. 두 손으로 진의 양팔을 지그시 잡고 눈을 감은 후 최초 구슬을 떠올렸다.

'내가 최초 구슬 자체다. 최초 구슬이 곧 나이니라.'

순간 최초 구슬이 가을의 몸에 발현했다. 가을은 최초 구슬의 존재를 또렷하게 느끼며 진에게 말을 걸었다.

"최초 구슬이 말하노니, 웅족 진이여 깨어나라."

가을의 머리 위에서부터 짜릿한 기운이 흘러나와 얼굴과 목을 지나 두 팔로 흘러 진에게 가 닿았다.

진의 눈꺼풀이 흔들리더니 진이 눈을 떴다.

"진!"

휴가 깨어난 진에게 다가갔다.

"휴?"

휴가 목 아래로 손을 넣어 진을 천천히 일으켜 세웠다. 진이 정신을 완전히 차리는 데 시간이 한참 걸렸지만, 다행히 휴를 알아보았다.

"휴, 어떻게 된 거야? 네가 왜 여기에 왔어? 이 사람들은 다 누구고?"

진은 바로 눈앞에 있는 가을과 유정, 엄마를 혼란스러운 눈으로 바라보았다. 그러다 엄마 옆에 서 있던 수수를 본 모양이다. 수수가 피할 사이도 없이 수수 얼굴을 향해 주먹을 세게 날렸다. 순식간에 벌어진 일이라 말릴 틈이 없었다.

"네가 잘도 내 앞에 나타났구나!"

"진, 오랜만이야. 잘 지냈어? 넌 여전히 손힘이 세구나."

수수가 얻어맞은 얼굴을 손으로 매만지며 어색하게 말했다. 수수가 꼼짝도 하지 못하다니 이런 모습은 처음이다. 다른 이들은 도대체 이게 어떻게 된 일인지 어리둥절해했지만 가을은 수수에게 들은 이야기가 있어서 놀라지 않았다. 이래서 수수가 가짜 진을 바로 알아본 거였다.

"저는 이가을이에요. 령에게 최초 구슬을 받았어요. 그리고 령은……."

"알아. 령이 어떻게 됐는지는. 너구나, 가을이가."

진은 가을에 대해 제법 많이 알고 있었다. 야호족과 호랑족을 직접 만나지 않았지만 두 종족의 소식은 듣고 있었다고 했다.

"너 그동안 계속 깨어 있었던 거야?"

휴가 물었다.

"응, 맞아."

"어쩐지 네 방마다 다 가 봤지만 네가 없었어."

"혹시 도호랑 같이 있었던 거예요?"

진이 가을을 똑바로 바라보았다. 가을은 유정에게 진과 도호가 함께 세운 동물보호단체 이야기를 들은 뒤부터 둘이 함께 있었을 거라고 짐작하고 있었다.

"저 도호가……."

가을은 조심스럽게 도호가 진으로 둔갑해 자신에게 하려고 했던 일을 이야기했다.

"날 재우고는 너에게 갔구나."

진이 읊조리듯 말했다.

"정말 너 그동안 도호랑 있었던 거야?"

휴의 물음에 진이 고개를 끄덕였다.

"도호를 만난 건 오래전이야."

진은 도호가 인선을 잃고 떠돌던 시절에 만났다고 한다. 호랑족 사이에 도는 소문과는 달리 범녀는 도호를 없애지 않았다. 도호는 제정신이 아닌 채로 인간이라면 지긋지긋하다며 범의 모습으로 지냈다. 도호는 움직이지도 않고 먹지도 않았다. 아사 직전의 도호를 찾은 게 진이다.

"산속에 웬 미친 범이 있다는 소문을 듣고 찾아갔는데 그게 도호였어. 그대로 도호를 두었다가는 도호가 정말로 죽을 것 같았어."

도호의 사정을 알기에 진은 도호를 가엽게 여겼다. 곰의 모습이 되어 도호 옆에 계속 머물렀다. 음식을 가져다줘도 도호가 먹으려 하지 않았지만 진은 도호를 포기하지 않았다.

"도호야, 제발 좀 먹어. 그래도 살아야지."

도호는 점점 야위어 갔고 눈을 제대로 뜨지 못하는 날이 많았다. 그러다가 결국 도호가 정신을 잃었고 결국 진이 최초 구슬을 이용해 인간 모습으로 돌아오게 만들었다. 깨어난 도호는 인간의 언어를 잃은 것처럼 한동안 아무 말도 하지 않았다. 오랜 침묵 끝에 도호가 처음 입을 열어 한 말은 이거였다.

"내가 천벌을 받은 거야. 야호에게서 구슬을 훔치지 말았어야 했어."

도호는 매일 그날을 떠올렸다고 했다. 인간이 되다니, 영생할 수 있다니, 호랑족의 우두머리가 되다니, 도호는 세상을 가진 기분이었다. 하지만 인선을 잃고 난 후 모든 게 한낱 꿈처럼 사라졌다.

"웅녀 언니가 왜 구슬을 주었을까. 도호야, 우리 그것만 생각하자. 다른 건 생각하지 말자."

웅녀는 인간과 동물 사이에서 균형을 잡기 위해 령과 진에게 최초 구슬을 주었다. 하지만 인간이 발전할수록 힘의 균형은 깨져 버렸고 근대화 이후 인간의 문명은 더욱 발전했고 결국 동물들은 멸종 위기에 몰렸다.

"처음에 나랑 도호는 인간에게 피해를 입은 동물들을 구조하러 다녔어. 그러다가 동물보호단체를 만들었지."

진과 도호는 야호족과 호랑족 앞에 나타나지 않았다. 두 종족이 구슬 전쟁을 하는 것을 보며 본분을 잊었다며 혀를 찼을 뿐이다. 가끔 진과 도호를 알아보는 야호족이나 호랑족이 나타나면 진이 가진 최초 구슬로 기억을 지웠다.

"도호는 이대로 인간들을 놔두어서는 안 된다고 했어. 자연이 파괴되고 멸종하는 동물들은 점점 더 늘어나고 있으니까. 기후 변화는 또 어떻고. 이러다가 생태계가 완전히 망가져 버릴 거라며 걱정했지."

도호는 진에게 령을 만나러 가라며 설득했다. 진이 가진 최초 구슬과 령이 가진 최초 구슬이 합쳐지면 세계 질서를 바꿀 수 있을 거라고. 도호는 최초 구슬을 이용해 인간을 멸종시키고 동물을 해방시키자고 주장했다. 이대로 두면 인간이 생태계를 망쳐 버릴 거라며 다른 방법이 없다고 했다. 하지만 진의 생각은 달랐다. 도호의 말대로 인간을 멸종시키는 게 과연 진정한 동물 해방일까? 진은 다른 방법을 찾자며 도호를 설득했고 도호가 알아들었다고 여겼다.

"네 최초 구슬을 도호가 뺏은 거야?"

휴가 진에게 물었다.

"아니. 정확히 말하면 내가 줬어."

"네가 왜?"

진은 흠, 하고 탄식한 후 말을 이었다.

"재작년이었어. 구슬 발현 시기 기억나지? 너희들이 전쟁을 벌일 때 우리도 조심하며 지냈어. 혹시 우리 존재를 알아차린 호랑이 있을지도 모르니까. 어느 날 집에 왔는데 도호가 쓰러져 있더라고. 호랑의 습격을 받아 도호가 구슬을 잃었다는 거야. 도호의 숨이 끊어지기 직전이었어. 일반 구슬을 줬지만 도호는 깨어나지 않았어. 결국 도호를 살리기 위해서는 내 최초 구슬을 도호에게 줄 수밖에 없었어. 도호는 정말 최선을 다해 동물들을 도왔거든. 그런 도호를 이대로 죽게

놔두고 싶지 않았어."

　도호는 진의 최초 구슬을 얻어 낸 이후 진에게 최초 구슬을 다루는 법을 배웠다. 진은 도호가 왜 그렇게 구슬 다루는 일에 열심인지 의심하지 못했다.

　"어느 날 도호가 소백산에 가자고 하는 거야. 우리는 종종 산에 갔으니까 그날도 별 생각 없이 도호와 산행을 했어. 그런데 도호가 나에게 미안하다며 최초 구슬을 이용해서 나를 재웠어."

　진이 자책했고 가을은 그건 절대 진의 잘못이 아니라고 말했다. 잘못한 건 속인 사람이지 속은 사람이 아니다. 가을은 딸에게 일어난 일을 몰랐다며 자책하는 엄마가 알아주길 바라며 진의 편을 들었다.

　"가을아, 도호가 너의 최초 구슬을 뺏기 위해 계략을 세운 거야."

　'계략'이라는 말에 가을은 마음이 찌릿했다. 가을과 가짜 진이 함께한 일이 그렇게 표현되는구나. 하지만 지금 그걸 생각할 때가 아니다. 가을은 마음을 다시 한번 다잡았다. 진은 진짜 자신이 나타나면 도호가 더 이상 진의 흉내를 내지 못할 거라며 안심하라고 했다.

　"하지만 도호는 최초 구슬을 가지고 있잖아요?"

　가을은 최초 구슬을 가진 도호가 앞으로 무슨 일을 벌일지 걱정되었다. 정신을 차린 가을이 최초 구슬을 스스로 내놓지 않는 한 최초 구슬을 뺏길 일은 없다. 하지만 최초 구슬로 도호가 인간을 없애기 위해 어떤 일을 벌일지 모른다. 도호가 최초 구슬을 가진 채로 그대로 두어서는 안 된다. 도호가 가을에게 하려던 걸 가을이 도호에게 한다면 어떻게 될까?

"엄마, 미안하지만 나 좀 지금 집에 데려다줘. 내일 아침에 도호 만나는 데 늦으면 안 돼."

모두 가을에게 무슨 소리냐며 도호를 만나서 무엇을 하려는 거냐고 물었다.

"제가 도호가 가진 최초 구슬을 뺏을 거예요."

가을은 도호가 앞으로 최초 구슬을 통해 벌일 일을 미리 막아야 한다고 말했지만 다들 도호를 상대하는 건 위험하다며 반대했다.

"도호는 인간에 대한 미움이 강해요. 인간을 없애기 위해 절대로 제 최초 구슬을 포기하지 않을 거예요."

도호는 이번 기회가 아니더라도 앞으로도 계속 가을의 구슬을 노릴 것이다. 도호에게 구슬을 뺏기지 않기 위해서는 가을이 먼저 도호의 구슬을 빼앗아야 한다.

"그건 가을이 말이 맞아."

"나도 그렇게 생각해. 도호는 최초 구슬로 인간을 없애고 싶어했으니까."

누구보다 도호를 잘 아는 휴와 진이 도호가 계속 가을을 위협할거라는 데 동의했다.

"도호는 혼자지만 저희는 여럿이잖아요. 혼자는 우리를 이길 수없어요. 팥죽 할머니가 범을 물리쳤듯 우리도 할 수 있어요."

팥죽 할멈 이야기를 하자 유정이 인상을 썼다. 이 옛이야기 역시 범이 당하는 내용이라 호랑족이 싫어한다. 본호랑 중에는 곶감뿐만 아니라 팥죽도 입에 안 대는 이들이 있다. 괜히 할머니에게 자비를 베풀어 팥죽을 쑤어 먹을 때까지 기다려 주는 바람에 된통당했다며, 그 일을 교훈 삼아 '자비를 베풀지 말자'를 좌우명으로 삼기도 했다. 하지만 야호는 이 이야기를 다르게 해석한다. 그건 바로 혼자서는 할 수 없는 일도 함께라면 가능하다는 것이다.

"할머니 혼자였다면 절대로 범을 물리칠 수 없었을 거예요. 하지만 알밤과 자라, 송곳, 돌절구, 멍석, 지게가 도왔기에 할머니는 범을 이길 수 있었어요. 부탁드릴게요. 저를 도와주세요."

가을은 여기에 모인 사람들이라면 자기를 도와줄 거라는 확신이 있었다. 아니나 다를까 모두들 가을과 함께하기로 결의했다.

가을은 엄마와 먼저 집으로 가기로 했고, 유정과 휴, 진은 수수의 집에 가 있기로 했다. 아직 도호는 휴와 유정이 한국으로 돌아온 것을 모른다. 가을은 도호를 만나 계속 속고 있는 척을 할 예정이고, 수수는 유정, 휴, 진과 함께 도호로부터 최초 구슬을 뺏을 구체적인 방법을 궁리하기로 했다.

두 개의 구슬

누가 누가 연기를 잘하나. 가을은 도호와 함께 있을 때면 연기 대결을 펼치는 착각이 들었다. 도호는 진을 연기했고 가을은 속고 있음을 연기했다. 가을과 도호의 관계는 거짓으로 이루어졌음에도 가을은 진과 휴에게 들은 도호의 지난 이야기를 생각하면 조금 서글퍼졌다. 야호의 구슬을 욕심내어 구슬을 훔친 도호, 여동생을 잃고 정신을 잃은 도호, 동물을 구조하기 위해 백방으로 뛰어다닌 도호. 모두가 도호다. 가을은 문득 도호의 진짜 모습이 궁금했다. 가을은 둔갑하지 않은 도호의 모습을 제대로 본 적이 없으니까.

도호는 염력을 통해 식탁 의자를 하나씩 들었다 내렸다 반복했다. 최초 구슬이 발현될수록 염력이 강해졌다. 염력은 물체에 손을 대지 않고 정신력으로만 물체를 움직이는 능력이다. 즉 염력이 강해진다는 건 가을이 구슬을 발현시켜 분리할 수 있다는 의미였다.

"자, 이제 네가 한번 옮겨 보렴."

도호는 시범을 마친 후 식탁 의자를 가리키며 가을에게 지시했다.

가을은 의자 쪽으로 손을 뻗은 후 최초 구슬을 떠올리며 손을 천천히 위로 들었다. 그러자 의자가 조금씩 위로 떴다. 가을이 손을 가슴 쪽으로 당기자 의자가 가을 쪽으로 움직였고 손을 바닥 쪽으로 내리자 의자는 원래대로 바닥에 내려앉았다.

"많이 늘었구나. 구슬이 뚜렷하게 발현되면 분리가 가능하단다. 그러면……."

도호의 다음 말을 가을이 가로채서 이어 말했다.

"령 님에게 줄 수 있죠."

가을이 설레는 표정을 지으며 미소를 지었다.

"그렇지. 더 무거운 것도 자유자재로 움직여야 해. 그러면 구슬이 완전하게 발현이 된 거란다."

가을은 명심하겠다는 듯 고개를 끄덕였다.

"구슬이 완전히 발현되면 분리하는 예행연습을 해 보자."

"예행연습이요? 바로 령 님에게 가지 않고요?"

"네가 스스로 구슬을 분리해서 령 언니에게 넣어 줘야 해. 먼저 연습이 필요하지 않을까?"

"아, 그러네요."

도호는 예행연습을 할 장소를 찾아보겠다고 했다. 구슬 분리를 할 때 파장이 커서 실내에서는 불가능하다. 건물이 무너질 수도 있기 때문이다.

몇 차례 물건을 옮기는 훈련을 더 한 후 가을은 도호의 집에서 나왔다.

도호는 진의 예상을 벗어나지 않았다. 도호는 가을을 데리고 령의 무덤에 가지 않을 거라고 했다. 땅속 깊이 묻힌 령의 관을 파헤치는 건 쉽지 않을뿐더러 자칫 령의 무덤을 관리하는 야호에게 들킬 수 있다. 무엇보다 도호는 령의 무덤에 갈 필요가 없었다. 진짜로 령을 살릴 목적이 아니니까.

어젯밤 진은 가을에게 연락해 앞으로 도호가 벌일 일들에 대해 이야기했다.

"도호는 네가 구슬을 분리할 때를 기다리고 있어. 네 최초 구슬이 완전 발현되면 먼저 분리하는 연습을 하라고 할 거야. 그리고 네가 구슬을 분리시키는 순간 자기 최초 구슬을 분리시켜 네 구슬을 흡수할 계획을 세웠을 거야."

최초 구슬은 원래 하나에서 둘로 분리되었기에 동시에 발현이 되면 자석처럼 끌어당겨 하나가 된다. 진도 웅녀에게 최초 구슬의 성질에 대해 전해 듣기만 했을 뿐 최초 구슬 두 개가 동시에 발현된 장면을 본 적은 없었다.

"구슬이 어느 쪽으로 합쳐질지 몰라. 기운이 더 강한 쪽으로 간다면 도호가 네 구슬을 흡수할 거야."

진이 우려하는 건 바로 이거였다.

"제 최초 구슬의 기운이 더 셀 수도 있잖아요. 도호나 저나 최초 구슬을 얻은 시기는 비슷하다고요."

"그건 장담할 수가 없어."

가을이 과연 도호의 힘을 이길 수 있을까? 도호와의 대결에서 어떻게 하면 이길 수 있을까 생각하고 있는데 집 앞에 도착했다. 대문 앞에는 기다란 택배 상자가 놓여 있었다. 며칠 전 할머니 방에 있던 옷걸이 행거가 고장 나서 새로 주문했는데 그것 같았다.

가을은 택배 상자를 직접 들까 하다가 염력을 써 보기로 했다. 최초 구슬을 떠올리며 상자를 들어 올리려고 하는데 대문이 열리면서 할머니가 나왔다.

"할머니, 깜짝 놀랐잖아."

"대낮에 놀랄 게 뭐가 있어?"

할머니는 가을이 염력을 사용할 사이도 없이 상자를 번쩍 들어 안으로 옮겼다. 괜히 가을의 손만 멋쩍어졌다. 할머니가 먼저 상자를 들고 가 버릴 줄이야.

"무겁잖아, 할머니. 내가 들게."

가을이 할머니에게 상자를 받아 들었다.

순간 가을의 머릿속에 무언가가 스쳐 갔다. 도호가 먼저 자기 구슬을 분리하도록 만들면 어떨까? 도호를 방심하게 만든 후 가을이 제 구슬로 도호 구슬을 끌어당겨 가져오는 것이다. 얼른 진에게 이 아이디어를 말해야겠다.

"할머니, 미안. 할머니가 좀 들고 와."

가을은 상자를 마당 바닥에 내려놓은 후 서둘러 집 안 현관으로 뛰어 들어갔다. 등 뒤에서 할머니가 화장실이 급하냐고 소리치는 게 들렸다.

가을이 염력으로 도호 몸을 들어 올리자, 도호는 이제 구슬이 완전히 발현된 거라며 기뻐했다. 도호는 예행연습 날짜와 시간을 알려 주면서 자기와 함께 차를 타고 가면 된다며 장소는 알려 주지 않았다. 도호가 이상하게 여길까 봐 어디냐고 더 물어볼 수 없었다. 원래는 수수 일행이 미리 그 장소에 가서 가을을 도울 준비를 할 요량이었다. 하지만 이렇게 된 이상 계획을 바꿔야 했다. 가을에게 지피에스를 부착한 후 진과 수수, 휴, 유정이 뒤따라오기로 했다.

드디어 구슬 분리 연습을 하기로 한 날이 되었다. 가을은 수수가 준 지피에스 칩을 몸에 단단히 부착했다. 수수 일행이 오지 않으면 계획이 어그러질 수 있다.

가을은 도호의 차에 탔다.

"언니, 령 님이 저한테 잘했다고 할까요?"

"왜? 걱정되니?"

"제가 너무 큰일을 벌이는 건 아닌지 두려워요."

가을은 일부러 망설이는 척을 했다.

"령 언니를 살릴 수 있는 건 오직 최초 구슬뿐이야. 령 언니가 보

223

고 싶지 않아?"

"당연히 보고 싶죠. 령 님을 살릴 수만 있으면 뭐든지 할 수 있어요."

이건 가을의 진심이다. 도호에게 속았다는 것을 깨달았을 때 가을은 스스로의 어리석음에 화도 났지만 령을 살릴 수 없다는 사실에 더 절망했다. 도호는 그런 마음을 이용했다. 어디서부터 거짓이었지 모르지만 자신을 걱정하는 진의 마음을 이용해 진의 최초 구슬을 얻어 냈고, 령을 살리고 싶은 가을의 마음을 이용해 가을의 최초 구슬마저 앗아 가려고 한다.

"너는 대단한 용기를 낸 거야. 최초 구슬을 포기하는 게 결코 쉬운 일이 아니잖아. 구슬로 영생할 수 있는 게 축복만은 아니란다. 구슬이 족쇄처럼 느껴질 때도 있으니까. 왜 나는 구슬을 얻어 낸 걸까."

도호는 마지막 말을 할 때 자신에게 되묻듯 말끝을 흐렸다.

한참을 달린 뒤 도호가 도착했다고 알렸다. 도로 끝에 차를 세운 후 둘은 산으로 들어갔다. 등산로가 없어서 오르기가 쉽지 않았다. 하지만 도호는 본호랑답게 손과 발을 이용해 산을 잘 탔다. 가을도 열심히 도호의 뒤를 따랐다. 삼십 분쯤 올라가니 꽤 너른 평지가 나왔다. 이 험한 산에 이런 곳이 숨어 있을 줄 몰랐다.

"자, 여기서 연습해 보자. 구슬이 완전 발현되었을 때 네 몸에서 분리시키면 돼."

"언니, 너무 힘들어요. 좀 쉬고요."

가을은 바닥에 주저앉아 숨을 쉬었다. 솔직히 힘들다기보다는 수수 일행이 올 때까지 시간을 벌어야 했다.

"그런데 이런 곳은 어떻게 아시는 거예요? 사람의 발길이 전혀 닿지 않은 산은 처음 봤어요."

"옛날에는 이런 곳이 아주 많았단다. 앞으로는 여기도 개발되겠지. 인간은 자연을 있는 그대로 절대 놔두지 않으니까. 등산로를 만든다 골프장을 만든다 난리지. 언젠가 자기들이 뿌린 씨앗을 그대로 거두는 날이 올 걸 모르는 족속들이지."

인간 이야기만 나오면 도호는 증오심을 숨기지 못했다.

그때 가을에게 문자가 왔다. 신우였다.

가을아, 뭐 해?

도호가 고개를 돌려 힐끔 가을의 핸드폰을 들여다봤다.

"네 인간 남친이구나."

"남의 걸 왜 봐요?"

가을은 기분 나쁜 척하며 도호로부터 떨어져 앉은 후 그냥 있다고 답을 보냈다.

"왜 인간 따위를 사랑하느냐."

도호가 혀를 쯧쯧 차며 말했다. 그 말이 가을에게 하는 말처럼 들리지 않았다. 어쩌면 인선에게 하고 싶었던 말이 아닐까.

"얼른 하고 가요. 해 지면 내려가기도 힘드니까요."

가을이 바닥에서 일어나며 엉덩이에 묻은 흙을 털어 냈다. 도호는 먼저 구슬을 완전 발현시켜 보라고 했고 가을은 집중하는 척했다.

사실 문자를 보낸 건 신우가 아니라 유정이다. 유정 이름을 신우로 바꿔 뒀다. 유정은 도착하면 어떤 내용으로든 문자를 보내 신호를 주기로 했다. 도호가 훔쳐볼 수 있어 이름을 바꿔 뒀는데 그러길잘했다. 도호라면 충분히 그러고도 남을 것 같았는데 정말로 그랬다. 적을 알고 나를 알면 백전백승이다. 이제 수수 일행이 근처까지 왔으니 계획을 시작해도 된다.

"완전 발현했어요."

"그러면 그 구슬과 네 몸을 분리시키는 생각을 계속하렴."

가을은 고개를 끄덕였다.

"어떠니?"

"계속 생각 중이에요."

구슬이 분리가 되면 몸 밖으로 나온 구슬이 눈에 보인다. 하지만 가을의 구슬은 좀처럼 보이지 않았다.

"더 집중을 해 보렴."

"하고 있다고요."

가을은 눈을 감은 채 집중하는 척했다.

"발현까지는 되는데 분리가 안 돼요."

"그게 왜 안 돼? 완전 발현시킨 거 맞아?"

"그렇다니까요. 한 번도 분리를 해 본 적이 없는데 어떻게 해요?"

"발현된 걸 몸에서 떼어 낸다고 생각하면 된다니까. 하나도 어렵지 않아. 물건 들어 올리듯이 들어서 옮겨. 생각하는 대로 다 돼."

가을은 미간을 찌푸리며 집중하는 척했다. 가을이 구슬 분리를 하지 못하자 도호가 초조한지 옆에서 계속 잔소리를 했다.

"아, 좀 조용히 해요. 언니 때문에 집중이 안 되잖아요."

이번에 가을은 진짜로 화를 냈다. 도호는 평소에 비해 말이 너무 많았다.

"그래. 미안하다. 다시 처언천히 집중해 보렴."

가을은 할 것처럼 하다가 다시 못 하겠다고 말했다.

"분리가 안 돼요. 구슬 분리는 안 되는 거 아니에요?"

"안 되긴 왜 안 돼? 진도……."

도호는 말실수할 뻔한 걸 깨달았는지 얼른 말을 바꿔 "진도 다 나갔잖아. 내가 가르쳐 준 대로 했으면 못 할 리가 없단다."라고 했다. '진도 했는데'라고 말하려고 했겠지.

"언니는 구슬 분리해 본 적 있어요?"

"나? 당연히 있지."

"그럼 한번 시범을 보여 주세요."

"내가?"

"언니가 하는 걸 제가 따라할게요."

"기다려 봐라."

도호는 흥분을 가라앉힌 후 두 눈을 감았다. 도호가 집중하는 게 눈에 보였다. 도호가 구슬을 발현하는 중이었다. 가을도 도호의 속도를 맞추어 구슬을 발현시켰다.

잠시 후 도호 머리 위로 옥색 구슬이 떠올랐다. 드디어 도호의 구슬이 분리되었다.

도호가 눈을 떴을 때 도호 앞에 인선이 서 있었다.

"인선?"

놀란 도호가 순간 집중력을 잃었고 그때 붉은색 호리병이 날아와 도호의 몸을 묶었다. 휴와 수수가 던진 거였다. 가을은 혼자 연습했던 대로 곧바로 자신의 구슬을 분리시켰다. 최초 구슬 두 개가 하늘 위에 떠 있다.

가을은 도호의 구슬을 자신 쪽으로 끌어당겼다. 묶여 있는 도호가 발악을 하며 꿈틀거렸지만, 도호 쪽 구슬이 서서히 가을 쪽으로 움직였다.

도호 구슬이 가을 구슬 가까이 다다르자 엄청난 파동이 일어나며 두 구슬이 하나가 되었다. 순간 산 전체가 크게 흔들렸다.

가을은 하나가 된 구슬을 온 힘을 다해 끌어당겼다. 순식간에 구슬이 가을의 몸속으로 사라졌다. 그러자 도호의 둔갑이 풀리며 서서히 모습이 바뀌기 시작했다. 휴 또래의 젊디젊은 남자로 변한 도호는 호랑이 눈썹 렌즈로 본 그대로 인선처럼 얼굴이 유난히 하얗고 눈썹이 짙었다. 가을이 상상했던 것보다 더 왜소해 야호를 해쳐 구슬을 얻어 내고 호랑족을 호령하는 모습이 상상이 가지 않았다. 그러나 인간의 모습도 잠시 도호는 구슬을 얻기 전 범의 모습으로 돌아갔다. 몸집은 아담했지만 눈매가 매섭고 찔러도 피 한 방울 안 나올 만큼 몸이 단단해 보였다.

"으르렁!"

속았다는 걸 깨달은 도호가 가을 쪽으로 달려들었고 급히 휴가 도호를 막아섰다. 휴의 왼쪽 옆에는 인선에서 원래 모습으로 돌아온 유정이 오른쪽에는 수수와 진이 섰다. 진을 본 도호는 멈춰 섰다.

망연자실한 도호가 그대로 주저앉아 버렸다. 가을은 자기를 보호하는 수수 일행 사이를 비집고 들어가 도호 앞에 섰다. 도호는 고개를 들지 않았다. 가을은 가만히 도호를 응시했다. 가짜 진과 함께했던 시간이 스쳐 지나갔다. 그 시간이 모두 거짓이었을까? 가을은 답을 찾는 대신 눈을 감았다가 떴다.

"이제 당신은 구슬을 완전히 잃어버렸습니다. 당신에게는 그 어떤 능력도 남아 있지 않아요. 당신은 이제 호랑족이 아닙니다."

곧 가을 일행은 올라왔던 산을 내려갔지만 도호는 그 자리에서 꼼짝도 하지 않았다.

새로운 능력

가을은 범녀를 만나 호랑이 눈썹 렌즈를 돌려줬다. 도호가 살아 있었고 호랑이 눈썹 렌즈 덕분에 도호를 찾았다고 알렸다. 하지만 도호는 구슬을 모두 잃어 범으로 살 거라고, 그렇기에 더 이상 범녀에게 위협이 되지 못한다고 설명했다. 어찌 된 일인지 범녀는 둔갑 복원을 해 달라고 더는 조르지 않았다.

"내 하나뿐인 손녀 가을아, 네가 참 기특하구나."

가을을 대하는 범녀의 태도가 달라졌다는 걸 가을은 느낄 수 있었다. 이미 야호랑 사이에 가을이 최초 구슬 완전체를 가졌다는 이야기가 퍼졌다.

가을이 도호의 최초 구슬을 흡수했을 때 땅이 흔들렸는데, 그날 그 산에서 강도 4의 지진이 관측되었다는 뉴스가 나왔다.

최초 구슬 두 개가 합쳐지면 대단한 일이 일어날 줄 알았지만 가을은 이전과 달라진 게 없었다. 때가 되면 배가 고팠고 졸렸고 여전히 고등학교 수학은 어려웠다. 가을은 학교 갈 때 둔갑을 위해 구슬을 사용할 뿐 평소에 쓸 일이 없었다.

휴와 유정은 한국에 남았지만(현이 곧 돌아온다고 했다), 수수와 진은 떠났다. 수수는 모리셔스로 갔고 진도 잠들기 전 활동하던 동물보호단체 일을 하러 떠났다. 도호의 소식은 알지 못한다. 산에 남은 도호가 어디로 갔는지 아무도 모른다. 도호가 범으로 변해 버려 대화를 나누지 못했지만 홀로 남겨진 도호의 표정은 허탈하기보다는 후련해 보였다. 가을이 잘못 본 걸까. 어쩌면 마지막에 차 안에서 나누었던 때론 구슬이 족쇄였다는 말이 도호의 유일한 진심이었는지도 모르겠다. 도호를 다시 볼 수 있을까? 가을에게 도호는 나쁜 이로만 기억되지는 않을 것 같다. 도호의 구슬을 빼앗은 날, 집으로 돌아온 가을은 아주 서럽게 한참을 울었다. 가을은 자신이 운 이유를 한마디로 설명할 수가 없다.

가을은 범녀 집에서 나온 후 신우를 만나기 위해 공원으로 갔다. 신우는 먼저 달리기 연습을 하고 있었다.

"가을아!"

신우가 활짝 웃으며 가을을 향해 달려왔다. 햇살처럼 빛나는 신우를 보자 가을은 신우와 앞으로도 같은 시간을 공유하고 싶다는 생각이 들었다.

도호를 만난 가을은 최초 구슬을 다루는 방법을 터득하게 되었다.

일반 구슬과 달리 최초 구슬은 언제든지 분리가 가능하다. 가을이 마음만 먹으면 구슬을 통째로 분리시켜 인간으로 살 수도 있다. 둔갑 따위 하지 않고도 가을은 진짜로 열일곱, 스물, 서른 살이 될 수 있다.

그 생각을 하느라 가을은 최초 구슬 완전체로 인해 자신이 갖게 된 새로운 능력을 미처 깨닫지 못했다.

궁금한 마음이 모여

『오백 년째 열다섯』1, 2권을 읽은 독자들이 편지를 많이 보내 주었다. 한 편의 이야기가 이렇게 많은 사랑을 받을 수 있다는 걸 작가가 된 후 처음 경험했다. 한 독자님은 이 작품에서 가장 좋아하는 부분이 어디이고 왜 좋아하는지를 알려 주었고, 다음 이야기를 써 달라고 했다. 또 다른 독자님은 3권의 내용을 알고 있는 건 오직 작가뿐이니, 책이 나오기 전까진 매일 밤 3권 내용을 생각하느라 잠이 안 올 것 같다고도 했다.

2권을 쓰면서 자연스레 3권을 염두해 두고 있었기에 3권을 시작하는 건 어렵지 않았다. 독자들이 궁금해하는 것처럼 나도 3권이 몹시 궁금했다. 가을이 고등학교 생활을 잘할지, 새로 등장한 웅족이 가을에게 어떤 영향을 미칠지, 이야기를 써 봐야 나도 알 수 있으니까. 독자들에게 3권이 마지막 권이 될 거라고 말했다. 분명 그렇게 확언했는데 이야기가 내 예상대로 흘러가지 않았다. 3권으로 마무리 지을 수 없는 이야기로 전개되었고, 반쯤 썼을 때서야 깨달았다. 나도 가을의 이야기를 지켜보는 관찰자에 불과하다는 것을.

스티븐 킹은 "소설은 이미 존재하고 있으나 아직 발견되지 않은 어떤 세계의 유물"이라고 말했다. 나는 가을의 이야기를 독자들보다 조금 먼저 발견하였을 뿐이고 그걸 소개하는 역할을 하고 있다. 생명력을 가진 가을이 주체적으로 제 삶을 살아가고 그걸 지켜보는 과정은 내내 즐거웠다. 3권은 독자님들과 나의 궁금증이 모여 이 세상에 나오게 되었다.

이 글을 쓰면서 나에게는 한 가지 더 강렬한 마음이 있었다. 바로 '감사함'이다. 독자님들의 열렬한 응원과 애정 덕분에 『오백 년째 열다섯』을 3권까지 쓸 수 있었기에 이틀에 한 번은 허공에 대고 "감사합니다."라고 말하거나 다이어리에 그 문장을 적었다.

『오백 년째 열다섯』을 궁금해하시고 아껴 주신 독자분들, 감사합니다.
저와 이 이야기를 발견해 주신 박현숙 팀장님, 고맙습니다.
멋진 그림을 그려 주신 조현아 작가님과 널리 이 책을 알려 주신 위즈덤하우스 출판사 분들, 감사합니다.
앞으로 제가 더 좋은 글을 쓰고 더 좋은 삶을 살게 된다면, 그건 모두 당신들 덕분일 거예요.

궁금함과 감사함을 소중히 간직하여 더 재밌는 이야기로 돌아오겠다.

2024년 5월, 김혜정

렉스트 T 010

오백 년째 열다섯 3 ◆두 개의 구슬◆

초판 1쇄 발행 2024년 5월 27일 **초판 6쇄 발행** 2024년 11월 22일

글 김혜정
펴낸이 최순영

어린이 문학1 팀장 박현숙
키즈 디자인 팀장 이수현
디자인 오세라

펴낸곳 ㈜위즈덤하우스 **출판등록** 2000년 5월 23일 제13-1071호
주소 서울특별시 마포구 양화로 19 합정오피스빌딩 17층
전화 02)2179-5600 **내용문의** 02)2179-5768
홈페이지 www.wisdomhouse.co.kr **전자우편** kids@wisdomhouse.co.kr

ⓒ 김혜정, 2024

ISBN 979-11-7171-195-6 43810